우리, 그곳에 가면

우리, 그곳에 가면

초판 인쇄 · 2022년 7월 27일
초판 발행 · 2022년 8월 3일

지은이 · 조규남 외
펴낸이 · 한봉숙
펴낸곳 · 푸른사상사

편집 · 지순이 | 교정 · 김수란, 노현정
등록 · 1999년 7월 8일 제2−2876호
주소 · 경기도 파주시 회동길 337−16 푸른사상사
대표전화 · 031) 955−9111(2) | 팩시밀리 · 031) 955−9114
이메일 · prun21c@hanmail.net
홈페이지 · http://www.prun21c.com

ISBN 979−11−308−1933−4   03810
값 16,500원

우리, 그곳에 가면

조규남 조연향 최명숙 한봉숙 박혜경
엄혜자 오영미 이신자 정해성

푸른사상
PRUNSASANG

과거의 공간이 의미가 되는 이유

이번 우리의 글감은 '추억의 공간'이다.

『공간과 장소』를 쓴 이-푸 투안에 의하면, 공간에 가치를 부여하면 그곳은 장소가 된다고 하였다. 그의 의견에 따르자면, 우리의 '추억의 공간'은 '추억의 장소'에 가깝다. 모두의 글 속에는 자신만의 추억이 살아 숨 쉬며 내면의 별난 이야기들이 '장소성'과 연관되어 쏟아져 나오기 때문이다. 장소는 시간이라는 속성과 만나 개인의 역사에 자리한다. 특히 과거의 시간은 추억을 소환하고 그것은 당연히 공간과 함께 다가온다.

　　이-푸 투안의 저서에 소개된 카르타고 시민의 호소문은 오늘 우리가 '공간'을 글감으로 삼은 의의라고 해야 할까, 인간에 있어 장소의 가치가 어떤 것인지를 잘 보여준다. 3차 포에니 전쟁 당시 로마군에 의해 도시가 파괴될 위기에 처한 카르타고의 한 시민이 "당신들(로마군)에게 간청합니다. …… 아무런 해를 끼치지 않는 도시는 남겨주시고, 대신 멀리 떠나라고 명령한 우리들을 죽여주십시오."라고 하였다 한다. 우리의 일반적인 사고로 가늠해볼 때, 인간의 존재를 능가하는 장소가 가능하지 않을 성싶다. 장소는 인간이 존재하기 위하여 필요한 도구적 성격이 강하지 않을까. 그러나 도시가 파괴되어가는 것을 지켜보던 카르타고 시민들은 차라리 자신들을 죽이고 도시를 보전해달라고 간청하였다는 것이다. 이것을 다시 해석해보면, 인간이 세상의 중심에서 가치를 얻기 위해서는 그것이 공간과의 연관하에 놓여야 한다는 것, 공간이 없이 인간이 독자적인 생을 구가할 수 없다는 것이 된다. 그것은 어쩌면 공간에 생명성을 부여해, 인간은 유한해도 공간은 영원할 수 있다는 믿음에서 출발한 것이 아닐까 싶다.

추억의 공간을 얘기하는 우리의 글들은 모두 과거의 서사를 소환하고 있다. 성장기의 공간, 고향, 성년 이후 도시의 이곳저곳, 때로는 그리움으로 때로는 아픔으로 기억되는 모두의 공간은 과거라는 이름을 달면서 하나의 '의미'가 되고 '그리움'의 색깔로 덧입혀진다. 치가 떨리게 아픈 공간은 찾아볼 수 없다. 아픔마저 그리움의 대상이 되는 것이다. 공간에 시간이 덧입혀지면 그것은 눈 쌓인 겨울의 풍경으로 변한다. 감정의 골이 모두 무화되는 것이다. 참으로 강한 힘이다.

성장기나 학창 시절의 서사는 레트로를 갈망하는 동시대 문화의 한 경향이다. 〈응답하라~〉 시리즈 드라마가 그렇고, 〈오징어 게임〉의 감성도 그러하다. 우리의 공간이 추억을 소환하는 작업도 가장 흔한 방식의 기억 소환하기이다. 우리가 기억하는 공간은 이제 현실태로 남아 있지 않고 기억 속에서만 생생하게 자리하고 있다. 필자 이신자가 기억하는 연희동과 모래내시장이 그렇다. 식구들 먹거리를 이고지고 오시던 엄마를 기다리던 어린 소녀로 돌아가 과거의 실개천에서 텀벙거리며 놀던 추억을 소환했지만 그녀가 바라본 오늘의 그곳은 흔적을 찾기 어려운 과거일 뿐이다. 이미 공간성을 상실하고 시간으로만 존재하는 기억인 것이다.

조연향은 마을 공동체의 삶이 살아 숨 쉬던 우물을 소환하며, 지금은 메꾸어져 희미한 흔적만 남은 그곳을 세월의 변화와 함께 포착해내고 있다. 조연향 작가가 이 우물에서 유년기에 겪었던 일이 무엇인지 그녀의 시와 함께 흥미 있게 감상해볼 일이다. 오영미가 학창 시절의 대부분을 보내며 제2의 고향이라 부르던 명동의 모습도, 현대 도심의 센터 역할을 하던 이미지와는 다르게 때로 잠자리로 변했던 사연이 담겨 있다.

대형마트가 우리의 장보기 패턴이 되어버린 오늘날, 전통시장을 소환하는 일 또한 기억의 서사에서 빠질 수 없는 배경이 된다. 그 배경은 장소로서의 시각적 울림보다 그 안에서 살아 숨 쉬던 사람의 냄새가 진하게 다가온다. 최명숙의 종로5가 시장통 풍경은 슬픔과 기쁨이 교차하던 젊은 시절의 한순간을 그리움의 시각으로 포착해내고 있으며, 그 중심에는 시장 골목에서 치열하게 살아가던 사람들이 놓여 있다.

중년이 되어 다시 찾은 모래내시장에서 이마에 그어진 세월을 느끼는 이신자는 배꼽친구들과의 만남을 기획하기도 한다.

성년이 된 이후의 시간과 기억이 아로새겨진 도심의 이곳저곳을 소환하는 작업도 우리의 글 속에 자주 목격된다. 한봉숙의 명동과 연남동, 박혜경의 대학로와 남한산성이 그러하다. 한봉숙의 그곳은 사회 초년병으로서 갓 발을 디뎠던 명동이라는 일터와 신혼과 육아기의 기억이 오롯이 살아 있는 연남동 주변, 그곳에서 고향의 의미가 무엇인지를 찾고 있다. 고향은 인간이 누리는 최초의 공간으로, 그곳이 보령 앞바다와 같은 한봉숙의 고향으로 펼쳐지면 도심과 전원의 이분법적인 가치 판단이 있기 마련인데, 그녀의 도심은 전원 못지않은 의미로 가치화되어 있다.

박혜경의 대학로와 남한산성에는 대학 시절 친구들과 은사님에 대한 기억이 살아남아 그들과 맞잡은 시간들이 가슴 진하게 다가오고 있다.

조규남의 바닷가와 고향 언저리는 구체적이지 않지만 강한 아픔과 처절했던 성장기의 고뇌를 담아내고 있다. 자식을 앞세운 문우의 아픔을 목격하게 된 어느 밤 바닷가, 조상의 묘비석에 기대어 한발 늦은 상급학교 진학에 의지를 불태우던 고향 마을의 풍경은 마치 성장기 소녀의 입사소설과도 같은 아픔과 향기로운 문체 속에 담겨 있다.

정해성의 글도 개인 서사에서 출발하지만 그녀만의 공간이 장소가 되어가는 과정과 다양한 공간이 지니는 의미를 사유하고 있다. 인테리어에 대한 취향과 감각에서 공간의 공공성에 대한 견해까지 이 모두를, 대안적 예술공간으로 탄생한 청도의 Raum-Y가 새겨진 그녀의 초대장에서 담담하게 목격할 수 있다.

낯선 이국땅에서도 우리의 글은 맥을 이어가고 있다. 조연향의 금강산 기행에서 벌어진 몽돌 일화는 우물에 얽힌 또 다른 일화와 더불어 그 의외성에 웃음을 유발하지만, 분단 시대의 우리 앞에 놓인 담론을 생각하면 그리 가볍지만은 않은 글들이다. 엄혜자는 인도네시아의 시바약산에 올랐던 기억과 그곳에서 봉착한 위기 상황이, 지금 그녀의 가족에게 때로는 쓴 약같이 때로는 벅찬 기억으로 자리하는 상황을 그려내고 있다. 아들의 방황을 위로해주었던 소돌마을 일화와 더불어 그녀는 가족과 연관된 두 곳의 특별한 공간을 체험하게 해준다.

오영미가 소개하는 시애틀의 풍경은 인간의 삶에 지리적 조건이 절대적 영향 관계를 형성한다는 나름의 깨달음으로 연결되고 있다. 그녀들이 보고 겪은 낯선 이국땅은 그래서 심오한 의미망 속에 반짝이는 기억으로 자리하고 있는 셈이다.

우리의 다섯 번째 수필집이 준비되던 어느 봄날, 그간 필진 중 한 분이셨던 장현숙 님께서 우리 곁을 떠나 영면에 드셨다. 존재의 부재가 가져오는 황망함에 우리 모두는 슬픔을 떨쳐버리지 못

하고 아파하고 있다. 이제 그녀의 글을 우리가 함께할 수 없음은
물론, 따뜻한 미소와 손길, 소녀 같은 음성도 들을 수 없다. 그녀
와 함께했던 지난날 우리의 추억이 어린 장소만으로도 책 한 권
이 나올 수 있을 정도로 많은 생의 순간들이 서로 연관돼 있다.
그만큼 우리의 상실감도 깊을 수밖에 없다. 이 수필집을 고인이
되신 장현숙 님의 영전에 그리움을 대신해 바치고자 한다. 저승
이라는 공간은 어떤 느낌으로 다가오는지 우리에게 전해줄 수 있
다면 꿈결에라도 이야기꽃을 피울 수 있으련만.

'우리, 그곳에 가면'에서 오라고 고운 얼굴로 맞이하시겠지요.

사랑했습니다.

2022년 7월

글쓴이들

조 규 남

Cho Kyu Nam

바닷가 모닥불의 추억
그 소녀가 보고 싶다

조규남

전남 보성에서 태어나 『한국소설』에 단편
소설이, 『농민신문』 신춘문예에 시가 당선
되어 작품 활동을 시작했으며 제6회 〈구
로문학상〉을 수상했다. 시집 『연두는 모
른다』, 소설집 『핑거로즈』, 함께 쓴 책으로
『언어의 시, 시의 언어』 『향기의 과녁』 『문
득, 로그인』 『여자들의 여행 수다』 『흡흡흡
부를 테니 들어줘』 등이 있다.

바닷가 모닥불의
추억

누군가가 말했습니다. 여름은 하나의 꽃다발, 언제나 자기 상징에 취하고 과시함으로써 영원히 시들 줄 모르는 녹색의 꽃다발이라고.

그렇습니다. 실로 여름은 모든 것이 푸르고 싱그럽게 일어서 제각기 자신에 찬 얼굴로 온갖 기능성을 뽐내며 스스로의 능력을 과시하는 계절입니다. 그래서 여름은 모든 것을 거두어 갈무리하는 가을에 비해 더 풍요롭고 개방적이며 문을 꼭꼭 걸어 잠그고 움츠리는 겨울에 비해, 아무것도 감출 것 없이 마냥 열린 거칠 것 없는 계절입니다.

'강호에 여름 드니 초당에 일이 없다.'

그렇게 옛 성현들도 각다분한 방 안에 갇혀 있지 않은 듯합니다. 나는 그런 풍경이 있는 여름을 사랑합니다. 그중에서도 특히 한낮의 이글거리는 태양을 좋아합니다. 때로는 바람 한 점 없이 살아 있는 모든 것들이 호흡을 멈춘 채 질식해버릴 듯한 시각의 한때, 그 몸서리치는 정적의 순간이 나는 좋습니다. 그때 홀로 춤추고 있는 나비라도 목격될 때, 그 작은 움직임에서 느껴지는 거대한 생명의 발견은 늘 내 마음에서 신비와 더불어 환희를 느끼게 합니다.

하늘이 기울고 서서히 식어가는 대지 위로 다시 소생하는 바람이 오랜 낮잠에 취한 나뭇잎을 흔들어 깨울 때, 나는 새로이 서쪽으로부터 생성하는 선홍빛 노을과 함께 가을이 더해지는 자신을 들여다보길 즐깁니다. 그때 노을은 까닭 없는 그리움의 넋이 되어 나에게 깊은 탄성을 가르칩니다.

내 가슴에 맹렬한 갈증의 빛깔로 흔들리던 노을이 아득한 박모에 의해 죽어갈 때면 다시 하늘에선 애틋한 전설의 편린 같은 별들이 돋습니다. 별은 곧 사랑노래의 음표가 되어 절묘한 몸짓으로 출렁거립니다. 그래서 여름밤은 유달리 많은 별똥별

과 함께 가슴 가득 사랑을 키우고 있는 사람들의 눈길이 모이
기도 하는 것입니다.

그맘때면 내 아련한 유년의 고향 마을에선 늘 매캐한 모깃불
이 피어오르고 풀벌레가 울며 동산으로부터 슬며시 하현달이
떠오르곤 했습니다. 잠 못 이루고 헤매게 한 내 부끄러운 마음
을 훔쳐 달아나는 달빛도 사라져 마침 텅 빈 하늘이 되면 새로
운 태양의 전령사인 듯 다시 미명이 트일 것입니다. 나는 여름
의 그 모든 시간과 순환을 사랑합니다.

그중에서 나는 어느 여름 문우들과 함께 지낸 바닷가의 밤을
잊지 못합니다. 지열이 뜨거운 혹서기일수록 더욱 쨍쨍한 햇볕
이 좋은 나에게 여름 문학 캠프의 장작불은 정말 환상적이었습
니다. 어둠에 잠긴 세상은 숨을 죽이고 우리들은 장작불과 더
불어 밤이 사위기를 기다렸습니다. 밤의 바다와 모닥불은 사람
들을 재빨리 센티멘털 소녀로 만드는 재주가 있나 봅니다. 어
느새 나 또한 눈물이 맑고 가슴 여린 철부지가 되어 있었습니
다.

문우들은 모두 모닥불을 중심으로 손을 잡고 환무(歡舞)를

돌았습니다. 어둠을 향해 퍼덕이는 불꽃, 정지해버린 시간 속에서 끊임없이 고이는 정념들…… 우리들은 마침내 별이 되고 불꽃이 되어갔습니다. 그 순간만은 적어도 나는 아무런 근심이나 탐욕도 없었고, 심지어 내가 누구이며 무얼 하고 사는 사람인지도 잊고 싶었습니다. 정말 세속의 모든 상념들이 그저 부질없는, 한갓 허상에 지나지 않는다는 생각에 나는 오히려 맥이 풀리는 기분이었습니다.

그때 나는 우리 무리 속에서 떨어져 나가 홀로 밤의 바다에 취해 있는 한 문우를 발견하고는 갑자기 부끄럽고 죄스러운 마음에 가슴이 저려왔습니다. 그녀는 버스에서 내 옆에 앉아 비명에 간 자신의 딸을 얘기하며 쉴새없이 눈물을 찍어내곤 하던, 10년 만에 만난 친구였습니다. 나는 얼른 동아리로부터 빠져나가 그녀 옆으로 갔습니다. 그리고 아무 말 없이 그녀의 손을 움켜쥐었습니다. 그러나 나는 그녀를 위해 어떤 위로의 말도 못 하고 쩔쩔매고 있을 뿐이었습니다. 그때만큼 내 자신을 무능하게 느낀 적이 없습니다.

출근하던 딸이 돌이킬 수 없는 교통사고를 당해, 그야말로

하늘이 무너지고 땅이 꺼지는 절망을 만나던 날, 집 울타리 장
미꽃이 흐드러지게 피어 있었고 지금은 그 붉은 꽃만 보아도
가슴이 메어진다는 친구. 어쩌면 그녀에게는 검은 바다를 배경
으로 타오르는 모닥불 불꽃마저 견디기 힘든 고통이었는지 모
릅니다.

"아까 내가 괜한 소리를 해서 미안해. 난 지금 괜찮아. 내 걱
정 말고 가서 즐겁게 놀아. 난 차라리 이렇게 아무것도 보이지
않는 밤이 좋아."

친구는 여전히 밤바다에서 시선을 거두지 않은 채 오히려 나
를 위로하며 내 손을 힘 있게 쥐어주었습니다. 나는 여전히 말
문이 막혀 허둥거렸습니다. 모닥불을 가운데 두고 윤무를 추며
잠시 환상 속으로, 별이 되고, 바람이 되고, 바다가 되어 떠났
던 내 사치스럽던 의식이 황급히 되돌아왔습니다. 나는 한동안
여름밤 해변의 낭만적 서정에 취해 친구의 슬픔을 몰각한 것이
부끄러웠지만, 세상만사 또한 끊임없이 변환과 희로애락의 반
복 속에서 이루어진다는 사실도 깨달았습니다.

타고 남은 재는 다시 기름이 된다고, 만해 한용운 선생께서

읊었듯이, 그 모닥불의 연기와 별은 시야에서 사라졌지만, 우리들의 가슴속에 남은 추억의 빛과 열기는 영원히 살아 새로운 창조의 거름이 될 것입니다.

별빛과 바람, 해조음이 어우러진 가운데 하얗게 밝힌 통영 바닷가의 여름밤은, 새롭게 떠오르는 태양을 향해 다시 힘차게 일어설 것을 다짐한 친구와 더불어 영원히 잊지 못할 것입니다.

그 소녀가 보고 싶다

살이 오르기 전 산은 한기의 집. 시린 바람이 세를 불리다 떠난 곳. 나뭇가지들은 얼마나 흔들리고 또 얼마나 몸을 비틀었을까! 제 몸이 상하는 줄도 모르고 서로 부딪쳐 관절을 꺾으며 봄을 불러들였을 것이다.

얼었던 산의 살갗이 풀려 바슬바슬하다. 따뜻한 기운을 숨차게 끌어당기는 모습이 역력하다. 모든 생명이 약동하는 이맘때면 다분히 염세적이고 다분히 반항적인 심사를 품고 몸부림쳤던 사춘기 시절의 한때가 떠오른다.

하얀 칼라를 빳빳이 세운 교복을 입고 등교하는 친구들을 바라볼 땐 봄날이었지만 고약한 찬바람이 도사리고 있는 한겨울

이었다. 추락의 깊이를 알 수 없는 무저갱으로 줄달음치는 공
허와 허탈감이 절망의 집을 지었다. 맑은 바람과 청량한 전원
의 공기, 이따금 날개를 치며 날아오르는 꿩의 울음소리가 침
울한 정신을 일깨웠지만 어느새 도돌이표처럼 되돌아온 우울
은 줄기차게 나를 괴롭혔다.

　터덜터덜 완만한 산길을 걸어 닿는 곳은 선영(先塋)이었다.
습관처럼 묘비석에 기대고 앉아 너른 백사장(白沙場)을 거느린
시냇물을 우두커니 내려다보았다. 큰 장마에 성이 나면 사납게
뒤척이던 시냇물은 한없이 유순하고 보드랍게 흘러 을씨년스
러운 적막만 사방을 조이며 달려들었다.

　햇살이 힘겨워하는 나를 데워주려고 안간힘을 썼다. 어떤 위
로의 말이나 안온한 손길 없이도 얼굴을 어루만져 탱탱하게 부
풀렸다. 눈을 감으면 스르르 잠이 들 것 같은데 묘비석은 자꾸
내 등을 밀어냈다. 어서 집으로 돌아가라고 찬 기운을 딱딱하
게 내뿜었다. 작은 체구를 일으켜 세울 힘이 없었다. 거침없이
열려 있는 텅 빈 공간이 빠져나올 수 없는 심해였다. 묘비석에

기댄 그대로 망부석이 되어버릴 것 같았다. 찬바람이 불어 **뺨**
이라도 후려쳐주면 좋으련만 바람은 딴 곳에 마음을 두어 기척
하지 않았다.

울기에 적당한 장소였다. 아무도 듣는 이 없고, 아무도 간
섭하는 이 없어 마음 편한 울음이 터져 나올 것 같은데, 실컷
우는 대신 짐승 같은 괴성을 질러댔다. 원망인지, 하소연인
지 내장 깊은 곳의 응어리를 토해냈지만 빈 메아리는 멀리 가
지 못하고 나의 깊숙한 곳으로 파고들어 더 크고 단단하게 뭉
쳐 명치끝을 막았다. 숨통을 쥐어짜는 무수한 의문부호, 아
버지는 왜 세상을 뜨셨을까? 왜 상급학교에 진학할 무렵에
내가 극복할 수 없는 환경을 만들어놓았을까? 아버지를 잃은
상실감보다 학교에 가지 못한 괴로움에 꼬이고 비틀어지고
거칠어졌다.

죽음이라는 단어를 붙들고 씨름했다. 이해할 수 없는 그 단
어가 나를 놓아주지 않았다. 극단적인 충동이 일어날 땐 서슬
퍼런 물결을 떠올렸다. 밥을 먹다가도 숟가락을 내동댕이치고
내달려 넘실거리는 시퍼런 물가에 닿으면 오금이 저려 한 걸음

도 내딛지 못하고 털썩 주저앉았다.

맹독에 시달리듯 빼빼 말라갔다. 물결에 반사되는 노을은 냉혹하도록 붉게 물들어 메마른 가슴을 바싹바싹 타들어가게 했다. 졸업생 중엔 상급학교에 진학하지 못한 친구들이 더 많았다. 그런데 나만 진학하지 못한 것 같았다. 교복을 입는 대열에 끼지 못했다는 소외감과 좌절감이 점령군처럼 주위를 에워싸고 있었다.

건너편 복숭아밭은 화사한 봄볕을 걸치고 연분홍을 펼쳐놓았다. 아름다웠다. 곱고 찬란해 눈이 시렸다. 얼굴도 모르는 조상님의 목소리가 허공중에서 들리는 듯했다. 세상엔 살아 있는 생명이 가장 아름다운 것이다. 살아 있어야 찬란한 것이다.

살아 있어야, 살아 있어야, 라는 말을 되뇌며 멍을 때리고 앉아 있으면 맑게 쏟아지는 햇살이 시들어가는 내 몸에 생기를 불어넣었다.

'그래 살아 있어야 무엇이든 할 수 있지, 장엄한 빛은 일만

광년을 달려와 내 몸에 따뜻함을 산란하지 않는가. 천지를 비추며 찬란히 빛나지 않는가.'

죽고 싶다는 말은 살고 싶다는 항변이었다. 그랬다. 누구보다도 꿋꿋하게 살아남고 싶었다. 그러기 위해서 많은 사람들이 붐비는 세상으로 나가보자고 마음먹었다. 도시는 나에게 기회의 땅이 될지도 모른다는 막연한 생각에 희망을 걸었다. 돌아가신 조상님들에게 기대어 울며불며 매달리느니 줄기차게 살아 돌아가는 세상에 합류하자고.

도시는 뿌리 없이 떠도는 타향이었다. 희망과 꿈을 실현하는 땅이었지만 힘들고 막막할 때 몸을 의탁할 수 있는 비빌 언덕은 아니었다.

간혹 질풍노도처럼 내달려 조상님들의 묘비석에 기대어 있던 시절이 떠오른다. 눈을 감으면 푸른 물결이 넘실거린다. 죽을 용기도 없으면서 죽겠다고 아우성치던 철부지를 감싸준 햇살과 딱딱한 묘비석의 기운은 조상님들 훈계와 같은 채찍이었다. 그것들은 나의 정신을 살찌운 토양이었고 염치없이 엉겨

뭉개도 포근히 받아주는 등받이였다.

겨울을 견디어낸 나뭇가지 끝에서 새싹들이 다사다난한 세상에 발걸음을 내딛는다. 내가 무작정 상경해 낯선 길을 헤쳐왔듯 저 여린 것들도 이정표 없는 허공에 길 없는 길을 헤쳐갈 것이다.

친구들보다 늦은 상급학교 진학이 뭐가 낭패인가!

하지만 학교가 세상의 전부였던 시절, 참으로 하찮은 것을 붙들고 몸부림쳤던 사춘기의 고뇌가 있어 나는 더 열심히 살 수 있었다.

아련한 기억을 되새기며 동네 둘레길을 걷는다. 맑게 빛나는 햇살이 내 등을 따뜻이 덥혀준다. 조상님들의 묘비석이 지키는 고향에도 찬란한 봄기운이 만연해 있을 것이다. 복숭아꽃은 여전히 아름다울 것이며 햇살은 내 몸을 부려놓던 자리를 안온하게 데워주고 있을 것이다. 그 시절 그 봄, 가장 절망적인 시간인 양, 가장 불행한 사람인 양, 염세적인 사춘기를 앓던 시절, 조상들의 묘비석에 기대어 고뇌하던 어린 소녀를 그려본다. 여

리고 지순하지만 제 몸을 모두 태워버릴 불덩이 같았던 소녀가
미치도록 보고 싶다.

조 연 향

Cho Yeon Hyang

우물이 있던 자리
금강산 유감

조연향

경북 영천에서 태어났다. 경희대학교 대
학원 국문과에서 박사학위를 취득했으
며, 1994년 『경남신문』 신춘문예, 계간지
『시와 시학』 신인상으로 등단했다. 저서에
『김소월 백석 민속성 연구』, 시집으로 『제
1초소 새들 날아가다』 『오목눈숲새 이야
기』 『토네이토 딸기』 등이 있다. 현재 경희
대와 육군사관학교에 출강하고 있다.

우물이 있던
자리

　그 우물을 큰 새미라고 불렀다 물이 귀했던 우리 마을에서
큰 새미는 목숨줄 같은 것이었다. 몇십 가구의 주민들 모두 그
물을 길어다 먹었으니까. 내려다보면 우물은 아득히 깊었다.
깊이를 알 수 없는 저 아래 바닥까지 돌축이 쌓여 있었다. 그
근처에 몇 그루 향나무가 낮게 둘레를 치듯이 자리 잡은 건 아
마 우물이 생기면서일 것이다. 바로 옆 미나리밭에는 미나리가
물기를 머금은 채 푸릇푸릇 새순을 틔우고 방아깨비 메뚜기가
뛰어다니기도 했다. 우리 집 앞으로 사과밭과 보리밭이 양쪽으
로 펼쳐져 있는 언덕길은 그 새미까지 뻗어 있어서 물을 긷기
위해 오르내리는 사람들의 정겨운 풍경이 보이곤 했다.

우물 출처 : 공유마당

아홉 식구 먹을 물 길어 나르던 일은 머슴과 아버지의 몫이
었다. 지금도 물지게를 어깨에 메고 오르내리시던 모습이 눈에
선하다. 그 둘레에는 저녁 무렵이면 동네 아낙들이 푸성귀와
땟거리를 씻으면서 이야기꽃을 피우기도 했을 것이다.

열 살인 나에게 물을 길어 오라고 할 리는 없었을 테고 비가
내린 뒤 찰랑거리는 물을 손 뻗으면 퍼 올릴 수 있을 것 같았으
므로 작은 양동이를 들고 갔을 것이다. 마침 사람들이 없었던
한낮의 조용한 시간이었을 터다.

가뭄이 들면 두레박줄을 길게 내려 바닥까지 물을 퍼 올려야
했지만, 비가 내리면 손을 뻗어서 바가지로 물을 퍼 올릴 수 있
을 정도로 물이 가까이 차올랐던 것이다. 맑은 물이 넘칠 듯 우
물에 가득 담기면 부자가 된 듯 그 맘마저 가득했으리라. 팔을
뻗어서도 물을 길어 올릴 수 있으니 그것이 여간 신기하지 않
을 수 없었던 것이다. 그러다가 나는 몸까지 던지고 말았으니
그 푸르게 넘실거리는 물에 내 영혼이 홀렸던 것일까.

사람들은 저 우물 속에는 이무기 같은 괴물이 또아리를 틀고
있다고들 했었다. 한겨울에 세상이 다 얼어붙어도 그 물은 얼

지 않았고 김이 서린 듯 따뜻해 보였다. 아니 물속에는 작은 용궁이라도 있는 걸까. 길어 올려도 길어 올려도 끝없이 찰랑거리는 물이랑에 구름을 띄우고 있었으니까.

그날은 아마 혼자서 물을 바가지로 떠보았던 것이리라. 누가 지나가다가 우물가 바닥에는 꽃슬리퍼가 벗겨져 있었고 물속에서 비명소리와 함께 들려오는 푸득거리는 소리에 들여다보았을 것이다. 이미 그때는 아득히 저 물 깊이 바닥까지 내려갔다가 다시 떠올랐으리라. 용케도 나는 건져진 것이다.

동네에서는 새미에 빠졌다고 놀려댔다. 그 후 사람들이 모여서 물을 다 퍼냈다고 했다.

사람들은 죽을 뻔했으니 명줄이 길 거라고 마을에 나가면 한번 더 내 이름을 불러주었고 머리를 쓰다듬어주었다. 새미에 빠졌다며, 새미에 빠졌다며, 보는 사람마다 인사를 했다. 나는 새미에 빠진 사실보다 그렇게 나를 알아보고 또 한마디씩 하는 그 자체가 민망했을 터.

그러나 내게는 그 후 물에 대한 어떤 공포나 지독한 두려움 같은 것은 없었다. 오히려 내가 가장 신비해하는 것, 경외하는 것 가운데 가장 닿고 싶은 것이 물이다. 내가 빠져도, 내가 매일 마셔도, 맑은 물의 심연에 닿을 수 없으며, 더욱 물의 비밀은 풀 수 없고 다 가지고 싶어도 가질 수 없는 것, 바닷가에 서면, 폭포수 앞에 서면 더 목이 마르고 가슴 한 곳에는 텅 빈 듯한 느낌은 무엇일까.

아무런 의식도 없이 빠졌고 꿈꾸듯이 우물 속에서 허우적댔을 테고 다만 내가 우물에 빠졌다는 그 특이한 사실만은 뇌리에 깊이 박혀 있다.

같은 물에서는 두 번 손을 씻을 수 없다는 말처럼 물은 언제나 흐르는 것이고 고여 있으면 썩을 것이지만 우물물은 누군가 쉼 없이 퍼 올리는 탓에 맑은 물이 고이는 것이다. 우물가에는 언제나 사람들이 있었고 물을 길으면서 밤새 동네 소문들도 같이 퍼 나르기도 했으리라. 우물의 옛 기억과 함께 문득 서정주 시인의 「간통 사건과 우물」이라는 유명한 시가 떠오른다. "누구네 마누라하고 누구네 남정네 하고 붙었다네/소문만 나는 날은 맨 먼저 동네 나팔이란 나팔은 있는 대로 나와서 …(중략)… 마을 사람들은 아픈 하늘을 데불고 가축 오양간으로 가서/가축용의 여물을 날라 마을의 우물들에 모조리 뿌려 메꾸었습니다"…… 같은 우물에서 물을 마신다는 것은 공동운명체와 다름없다. 마을에서 어떤 일이 일어나면 소문은 빠르게 퍼져나가기 일쑤이다. 불미스러운 사건이 일어난다면 그 책임을 같이 지면서 살아왔던 우리네 모습을 이 시를 통해 읽을 수 있겠다.

마을 사람들의 생명수인 우물이 무슨 죄가 있겠는가. 죄가 있다면 간통을 저지른 그 둘만의 일이겠건만, 두 사람만의 일탈 행위에 대해서 공동체 전체가 책임져야 할 것으로 인식하고 또 행동한다. 사람들은 우물을 다 메꾸어버리고 하늘에서 내린 벌이라도 받듯이 산골에 들판에 따로따로 생수를 찾아서 마실 물을 해결했다니 이 시를 통해서 마을 사람들의 영혼에도 젖줄을 대주었던 우물의 상징성을 되새겨보게 된다.

우리의 생명을 키우고 지켜주었던 것으로 우물만 한 것이 있을까 싶다. 우물과 개울과 작은 못이 논밭에 물을 대고 그렇게 살아왔던 날들이 그토록 그리워지는 것은 왜일까. 한 우물의

물을 먹고 살았던, 그러나 외롭지 않았던 지난 시절의 공동체
적인 삶과 사랑을 결코 잊을 수 없다. 버리고 왔던 그 시간들과
그곳에 대한 추억이 늘 맘 한구석에 남아 있다.

많은 세월이 흐른 뒤 고향을 찾았을 때 내 추억의 우물이 있
던 곳은 쉽게 찾을 수 없을 정도로 흔적은 희미했다. 마치 쭈그
러진 엄마의 젖무덤처럼 약간의 흙과 오물이 덮여 있을 뿐, 나
의 추억은 깡그리 잊은 듯 그냥 한 평 남짓 흙무더기라니.

우리 마을에도 내가 모르는 어떤 불미스러운 사건이 생겼던
것일까. 그래서 오물을 쳐다가 깊고도 깊은 그 우물을 메꾸어
버리고 벌을 받듯이 산속의 생수를 찾아다녔을까. 허물어진 우
물을 떠올리면서 아무런 근거도 없는 생각을 해본다.

집집마다 펌프가 생겼고 그 후 수도가 생겼고 그나마 그 마
을을 지키던 사람들도 하나둘 도시로 떠났으니 우물물을 긷기
위해 누가 오겠는가. 아기가 엄마 젖을 빨지 않으면 젖이 말라
지듯이 퍼 올리지 않는 우물에 물이 어떻게 고이겠는가

　　마을 앞 둔덕에는 큰 새미가 있었지

오래전부터 이무기가 살고 있다고
밤이면 수천수만의 별이 투신한다고 했지
마을 사람들이 그 물을 다 그곳의 물을 길어다 먹었지만
한 번도 바닥을 드러내지는 않았지
내가 거꾸로 빠져서 그 물을 다 퍼냈던 적 이외는
꿈속에 꾸는 헛꿈처럼
자꾸만 내 키가 자라고
나이가 들어서 사랑에 빠져서도
시를 써도
그 푸른 심연에 다시 닿을 수 있을지 몰라
몇십 년 만에 지나치는 언덕받이 붉은 복숭아밭 귀퉁이
물 같은 시간의 바닥을
바람 같은 티끌이 다 채워져서
금방이라도 날아오를 듯
탁류에 떠 있는 몇 마리 하루살이
그것이 오늘 나의 삶인지도 몰라

— 졸시 「우물의 시」

  세상의 모든 것은 변한다고 했지만 나만 두고 세상의 모든 것이 달아나듯 메꾸어진 우물 자리를 보는 순간 그 충격은 이루 말할 수 없었다. 변한 것은 자연환경뿐만 아니라, 메마른 우리네 모습, 나의 모습이 아닐까 싶은 데서 저 졸시가 씌어졌다. 싱그럽고 푸른 심연은 내가 영원히 닿고 싶은 곳이기도 하다.

금강산
유감

아, 선상님. 이리 와보라우. 이것이 무엇이요?

검색대 옆에서 짐을 기다리던 우리 일행은 의아하게 그를 쳐다보았다. 결국 나를 열외로 안내하더니 배낭에 들어 있는 두 개의 돌멩이를 가리키는 것이었다.

아뿔싸, 저 돌멩이!

말인즉, 금강산에 있는 어떤 것도 가지고 남쪽으로 가면 안 되고 처벌을 받는다는 것. 나는 일시에 금강산을 훼손한 죄인으로 북에서 억류될 상황에 처하게 되었다. 남편은 얼굴이 하얗게 굳어져서 나를 쳐다본다.

겨우 정신을 차리고 이 상황에서 변명 아닌 변명을 해야만 했다. 그 돌은 금강산 돌이 아니라고.

사실 금강산 여행을 가기 2주 전에 설악산 봉정암에 다녀 온 적이 있었다. 그때 백담사 계곡에서 두어 개 주워 온 몽돌이 배낭에 그대로 들어 있었던 게다. 크기는 감자알만 한 저 돌멩이…….

자연을 그대로 감상하고 오면 될 일이지 웬 욕심이람, 그런 것 생각할 겨를도 없이 이 난감한 상황이라니……. 머리가 텅 빈 것 같았다.

사실 금강산을 오르면서 손 닿을 만한 계곡 같은 것은 없었던 것 같고 또한 어디서든 돌을 주울 정도로 딴전을 피울 틈이 없었다. 관광객 몇 명마다 북한 안내원들이 배정되어 있었고 옆에 따라붙은 그 안내원들이 일행을 감시하는 건지 어쩐지 계속 말을 붙였다. 남한 정세에 대해서, 스마트폰에 대해서. 궁금한 것이 많은 것 같았다. 통일이 되면 서울에 가서 연락을 해도 되는가를 물으면서 명함이 있으면 한 장 달라고도 했다. 사실 그 시기에는 노무현 정부에서 편 평화 번영 정책 탓에 곧 남북

통일이라도 될 듯한 분위기였으므로 그럴 만도 했다. 만약 그들이 내려와 연락을 한다면 어디든 안내를 하고 품어줄 수 있을까 스스로 생각해보기도 하면서.

아~ 그리고 금강산에서 내려오는데 배가 고파 길 옆에 팔고 있던 새까만 구운 감자 한 알을 1불에 사서 먹으려고 껍질을 까는데 팔리지 않은 감자를 굽고 또 구워서 그런지 푸석한 것이 먹을 수가 없었다. 보기에는 그야말로 까만 몽돌 같았다. 까만 몽돌, 나는 검색대 옆에서 초조한 맘에도 그 까만 감자알이 생각났다. 뿐만 아니라 감자와 같이 팔고 있던 사과알도 그야말로 꼭 몽돌처럼 땟물이 좔좔 흐르는 것 같았다. 그것을 한 알에 1불을 받으며 팔고 있었다. 북한의 농작물 작황 상태를 짐작할 수가 있었다. 그때가 2007년경이었으니, 지금이나 그때나 경제 상황이 달라지지는 않았을 것 같다.

금강산 여행이 허용된 지 3년째였다. 일행은 남편 친구의 부부와 우리 부부였다. 해금강호텔로 예약을 했으나 다른 일행은 단체팀이 많았으므로 운 좋게 두 개의 스위트룸에 배정되었다. 고성 바닷가에서 1박을 하고 통일전망대와 38선을 넘어 휴전선을 넘어가는 대형 버스가 끝없이 긴 행렬을 이루어서 북쪽을 향해 달렸다.

몇 년 전 정주영 회장이 소를 줄 세워 올라가던 그 광경이 떠올랐다. 한 대의 버스는 한 마리의 소, 우리는 소 떼처럼 구불구불 북녘을 향해 올라갔다. 이 길을 사이에 두고 얼마나 많은 피를 흘렸던가. 얼마나 오랜 세월 핏줄을 멀리하고 헤어져야만 했던가. 금강산을 올려다본다면 그 기억이, 그 아픔들이 조금 치유될 수 있을까.

금강산 지역에 도착하자 버스에서 내리는 관광객 중에는 외국인이 상당수 섞여 있었다. 그리고 갑자기 늘어난 관광객들을 수용하기 위해 임시로 지은 막사가 끝없이 늘어져서 숙박객을 받아들이고 있었다.

안내원인 젊은 여성들은 북에서는 하이클래스의 여성들일 거라고 누군가 말했던 것 같다. 우리 땅을 밟으면서도 마치 먼 나라에서 온 사람들처럼 우리 민족이면서도 다른 민족인 것처

럼 생소하게 혹은 동질감의 마음으로 금강산을 올랐다. 앙상한 금강산이었다.

금강산을 쳐다보면서 오르는데 허기가 졌다. 구룡폭포를 내려다보니 갈증이 났다. 왜 우리의 산을 오르는데 저 감시원들이 자꾸 따라오는가. 무엇을 감시하는가. 화장실을 가는데도 서너 명이 지키고 서 있었다. 한 번 사용하는 데 1불을 지불해야 했다.

우리는 삐걱거리는 철계단을 오르기도 하면서 가파른 산길을 기어올랐다. 비경은 비경이었다. 그러나 오색단풍이 바위에 떨어져 단풍꽃이 핀 듯 황홀했던 설악산에 비해 금강산은 건조했다고 할까. 오래된 낙락장송의 소나무가 바위를 비집고 군락을 이루고 있었고 높이 올랐을 때 폭포가 쏟아져 내렸지만, 마음 한구석은 어두웠다. 언제쯤 우리는 자유롭게 다시 올 수 있을까.

설악산의 이쁜 몽돌이라고 온몸을 움직여 설명을 해야만 했다. 그는 다그쳤다.

남한에서는 자연의 것을 함부로 도둑질해도 안 잡아가는 거
유?

아, 안 되는데요…….

그러면 집에 두고 올 것이지 왜 여기까지 가져왔지요?

아, 잘못했어요. 용서해주세요.

와, 정말 남편은 나를 쳐다보더니 얼굴이 붉으락푸르락, 옆
에 친구도 있는데 얼마나 창피했을까.

오! 나는 겨우 북에서 풀려났다. 나 때문에 제시간에 출발하
지 못하고 기다리던 일행에게도 미안한 맘을 가지면서 다시 긴
버스 행렬에 실려서 남으로 내려오는 길.

길 옆에는 넓은 평야가 뻗어 있었고 집단농장인지 몇 명씩
팀을 이루어 느릿느릿 농사일을 돌보는 듯했다. 더 멀리에는
주거용 집들이 고색창연해서 차라리 빛바랜 그림으로 보였다.
휴전선을 넘기 전 남쪽으로 오는 사이 길까지는 불빛 하나 없
이 캄캄한 적막을 뚫고 버스는 달린다. 휴전선을 넘어서 고성
에 이르자 비로소 불빛이 환한 남쪽 땅이었다. 확연한 차이를
느끼면서 오랫동안 억류되었다가 풀려난 것 같았던 3박 4일이

었다.

휴전선을 돌아보았다. 얼마나 많은 생명들의 담보로 저 경계선을 지킬 수 있었던가. 청춘의 한때, 남방한계선을 지키던 시인의 시가 떠오른다. 장경린 시인의 「남방한계선」이다. "달빛이건 바람이건 어둠을 흔드는 것은" 모두 적인 듯 경직되어서 지키고 서 있었고, 어느 날은 벙커 작업을 하면서 "파릇파릇 돋아나는 남방한계선을 캐어다/몰래 쑥국을 끓여먹"었던 기억은 눈물겹지 않을 수 없다. 저 시인의 고생 덕에 나는 무사히 금강산 유람을 할 수 있었는지 모른다.

그리고 정권이 바뀌면서 남북 기류는 얼어붙었다. 이듬해 총기 사건이 났고, 금강산 관광지구는 문이 닫혔다. 그리고 올해 해금강호텔도 철거했다는 뉴스가 전해졌다. 아, 그리고 남북공동연락사무소를 폭파했다는 사실도 받아들여야만 한다.

한 시절의 에피소드를 떠올리며 다시 그곳을 더듬을 수 있을까. 별거 아닌 것 같은 나의 일화를 떠올리면서도 아쉬움이 남는데 고향과 혈육을 두고 온 사람들은 가슴에 얼마나 아프게

피가 맺힐까. 이념이란 무엇이며 권력이란 한낮 환상과도 같은
것이련만, 우리를 지배하는 것은 그런 것이라는 것.

최 명 숙

Choi Myung Sook

70년대식 낭만, 서울역 시계탑 앞
시장 골목, 그 서늘한 그리움의 공간

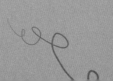

최명숙

산 높고 골 깊은 산골마을, 언제나 그립고
가 앉고 싶은 그곳, 충북 진천에서 태어나
고 자랐다. 가정학과 유아교육을 전공하여
12년 동안 어린이집을 운영했고, 불혹의
나이에 줄곧 꿈꿔왔던 문학을 공부하여, 동
화작가와 소설가가 되었다. 가천대학교 대
학원 국어국문학과 졸업. 현재 가천대학교
에서 강의하며, 노년문학 연구와 창작에 관
심을 갖고 있다. 저서로 『21세기에 만난 한
국 노년소설 연구』 『문학콘텐츠 읽기와 쓰
기』 『문학과 글』, 산문집 『오늘도, 나는 꿈
을 꾼다』 『당신이 있어 따뜻했던 날들』이
있다.

70년대식 낭만,
서울역 시계탑 앞

"첫눈 오는 날, 서울역 시계탑 앞에서 12시에 만나자."

서울 생활을 시작했던 스무 살 안팎의 우리들이 추석을 맞아 고향으로 내려갔을 때였다. 누군가가 말했고 모두 고개를 끄덕였다. 막연한 약속이었다. 헤어지는 게, 다시 고향을 떠나 객지로 나가야 하는 게, 그저 아쉽고 음울해서였을 거다. 고향을 떠나 서울의 이방인으로 우리의 머리가 굵어져가고 있을 즈음이었다. 통신수단이 여의치 않던 1970년대. 누가 어디에 사는지 정확하게 알지 못했고, 전화 연락도 쉽지 않았다. 그래서 그런 약속을 했을까. 도대체 그 첫눈이 무슨 대단한 의미가 있기에. 아마도 '첫눈'이 주는 낭만성 때문일지도 모르겠다.

시골에서 초등학교와 중고등학교를 간신히 마치고 서울로

올라와, 구로동 일대와 청계천 등 서울 한 귀퉁이에 등 대고 사는 우리들의 일상은 비슷비슷했다. 공장에서 생산직 노동자로 기계처럼 살거나, 친척집 가게 점원으로 눈칫밥을 먹으며 살았다. 그런 우리에게 첫눈은 고향의 들판을 떠올리게 하는 그리움이었고, 동심으로 돌아가게 하는 순수함이었으리라.

산골에는 눈이 낮보다 밤에 자주 내렸다. 아침에 방문을 열면, 마당에 지붕에 장독대에 눈이 소복소복 내려, 온 세상이 하얗게 뒤덮여 있곤 했다. 그 백색의 세상은 내 꿈을 마음껏 그릴 수 있는 흰 도화지처럼 보였다. 그런 날은 마당에 나가 발자국으로 예쁜 눈꽃을 그렸다. 여섯 개짜리 꽃잎, 여덟 개짜리 꽃잎을 가진 눈꽃들. 뽀드득 뽀드득. 발이 시린 것도 잊고, 몇 개의 눈꽃을 만들었다. 그러다 지루해지면 뒤란으로 가 장독대 옆에, 황매화 울타리 아래, 건조실 옆에, 또 눈꽃을 만들었다.

낮에 눈이 올 때면 온 마을 아이들이 마당으로 나와 강아지처럼 뛰어다녔다. 눈싸움을 하고, 눈사람을 만들어 마을 어귀에 세워놓기도 했다. 들판에 내리는 눈을 보며 어른들은 흐뭇한 표정을 지었다. 보리풍년이 들겠다며. 나는 보리싹이 얼까 봐 걱정되었다. 친구들 역시 비슷비슷한 경험을 했으리라. 그 래서 첫눈은 삭막한 서울 생활에서 숨통을 틔게 하는 말랑함으로 다가왔던 것일까. 아무튼 우리는 단단히 약속했다. 첫눈 오는 날 서울역 시계탑 앞에서 꼭 만나자고.

　해마다 첫눈은 어김없이 왔다. 그해도 그랬다. 하얀 눈송이가 목화솜처럼 흩날렸다. 마침 쉬는 날이었다. 망설이지 않고 버스를 타고 서울역으로 갔다. 처음 가보는 서울역, 시계탑이 어디에 있는지 몰라, 지나는 사람에게 물은 끝에 찾았다. 설렜다. 친구들 중 누가 나왔을까. 가장 친한 순이, 시골티가 벗겨진 도회적인 석이. 서울역에 도착했을 때 가늘어졌던 눈발은 금세 그칠 것 같았다.

　12시가 조금 지나 있었다. 아무도 없었다. 한동안 기다렸다. 가끔 눈을 감고 고향의 들판을 떠올렸다. 그리운 가족들의 얼굴도. 갈등이 생겼다. 설마 친구들이 기억하고 나오려나. 일하고 있어 부득이 나올 수 없을지도 몰라. 누구라도 나오지 않을까. 한 시간쯤 기다렸다. 이제 눈은 그쳤다. 첫눈은 살짝 오는게 매력이다. 아무도 올 것 같지 않아 발걸음을 옮기려던 차였

구 서울역   출처 : 문화재청

다. 저 앞에 낯익은 모습이 보였다. 점퍼를 입고 약간 어깨를
웅크린 '수'였다. 수가 빙그레 웃으며 앞으로 다가왔다. 머리에
쓰고 있는 모자에 앉은 눈이 녹아 물방울로 맺혔다. 모자를 벗
어 터는 수. 어깨도 털었다. 눈을 껌벅일 때 눈썹 위에 앉은 작
은 물방울이 파르르 떠는 것 같았다. 왜 그런지 수가 울고 있다
고 생각했다. 가슴이 싸해지면서 찬바람이 윙 소리를 냈다.

"다른 친구들은 안 왔어?"

수의 물음에 난 대답 대신 고개를 끄덕였다.

우리는 녹은 눈 때문에 약간 물기가 도는 아스팔트 길을 밟
으며 남산으로 향했다. 말없이. 수와 친하게 지내는 편이 아니
어서 딱히 할 말이 없었다. 수는 일찍부터 서울 생활을 했기 때
문에 남산에 여러 번 와본 듯했다. 나는 처음이었다. 수의 안내
로 남산도서관 앞까지 와 의자에 앉았다. 수가 의자에 있는 물
기를 닦아주었다. 언제 첫눈이 왔었냐는 듯 도시는 말짱한 얼
굴을 했다. 해가 구름 사이로 빛났다. 우리는 한동안 남산 아래
건물들을 내려다보았다.

"너를 공부시키고 싶었어."

무슨 뚱딴지같은 소릴까. 뜨악한 표정으로 수를 보았다. 수는 산 아래에 시선을 두고 있었다.

"무슨 소리야?"

앙칼진 내 목소리에 수가 약간 놀란 듯했다.

"아니, 그랬다고. 넌 공부 잘했잖아, 난 아니지만."

수의 가라앉은 목소리는 웅얼거리듯 흘러나왔다. 묘한 분위기가 감돌았다. 둘 다 침묵했다. 그러다 남산에서 내려왔고, 서울역 앞 중국집에서 자장면을 먹었다. 수가 음식값을 냈고 우리는 헤어졌다.

한동안 수의 말이 마음을 어지럽혔다. 사람의 마음을 읽을 줄 모르는 나는 아니었으니까. 수의 고백이라는 생각이 들면, 가슴에 무엇이 차오르는 듯했다. 더 이상 의미를 두지 않기로 하면, 울렁이던 가슴이 차분해졌다. 그럴 때마다 책상 앞에 써붙인 경구에 시선이 갔다. 연애는 사치다. 인내는 쓰다 그러나 그 열매는 달다. 유난히 말랑한 감성을 가졌던 내가 현실의 문제를 해결해 나가는 데 필요하다고 생각했던 문장들이었으리라. 그 후 수를 따로 만난 적 없다. 그 말의 의미를 다시 묻지도 않았고, 수가 내게 다른 표현을 한 적도 없다. 그렇게 우리는 나이를 먹어갔다. 순수한 소년의 마음을 첫눈이 더 순수하게 만들지 않았을까 싶다. 그래서 속마음을 그렇게 내비쳤으리라.

허물될 게 하나도 없는 수의 말이었다. 수가 색다른 마음을 가졌다 해도 잘못이 아니잖은가. 내게 호의를 갖고 한 그 말에 얼마든지 유연하게 답했어야 했다. 하지만 난 미성숙했고 여유라곤 추호도 없이 경직돼 있었다. 남의 도움이나 특별한 관심을 받는다는 게 당시의 나로선 용납되지 않았다. 그런데 지금 생각하면 다 아름답기만 하다. 첫눈도, 수의 마음도, 심지어 앙칼지게 나온 내 마음도. 순수했으니까.

지금도 서울역이나 남산 앞을 지나면 불쑥 수가 떠오른다. 말수 없고 소박하기 그지없으나 마음이 따뜻하고 순수한, 수. 인생에서 그런 따뜻함과 순수함이 없다면 무슨 재밀까. 각자를 둘러싼 환경과 아무 상관 없는, 인간이 가지고 있는 본래의 그 순수함만이 오래오래 기억되는 게 아닐까. 수도 아직 기억할까. 그 장소, 추억이라면 추억일 수 있는 서울역 시계탑 앞을. 그리고 70년대식 낭만, 첫눈 오는 날 만나자던 그 약속을……

시장 골목,
그 서늘한
그리움의 공간

　땅띔도 못 하겠다. 여기쯤이었던 것 같은데. 오랜만에 찾은 곳, 45년쯤 되었을까. 오랜만이라는 어휘로 표현하기엔 너무 싱겁고 무상하다. 눈을 감으면 훤히 떠오르던 거리와 골목. 막상 찾아오니 어디가 어딘지 짐작조차 못 하게 변해버렸다. 고개를 갸웃대며 한참 두리번거렸다. 지나가는 사람에게 '동대문 극장' 있던 자리가 어디냐고 물으니, 나를 빤히 쳐다본다. 바로 내가 서 있는 앞이란다.

　새로운 건물이 들어서고 깨끗하게 정돈된 골목은 기억 속의 그곳이 아니었다. 혹시 아는 가게 간판이라도 눈에 띌까 몇 번이나 골목을 배회했다.

있었다. '○○기계', 고모네 가게로 들어가는 입구에 있는 상점이었다. 허옇게 벗겨진 간판에 듬성듬성 드러난 글자를 꿰어 맞췄다. 가슴이 두근댔다. 스무 살 언저리, 순수하고 푸르던 내가 꿈을 꾸고 키우던 그곳으로 들어섰다.

뛴다. 양쪽으로 묶은 갈래머리가 이리저리 흔들린다. 땀이 흐르고 다리는 후들거린다. 그래도 뛴다. 칼국수 그릇이 놓인 쟁반을 들고. 내 볼은 발갛게 달아오른다. 종아리가 팽팽하게 당긴다.

골목에 들어서자마자 그때의 내가 보였다. 밀린 배달 때문에 종로 5가 시장 골목을 매일 뛰다시피 휘젓고 다녔다. 겨울에는 손발이 얼어터지고 벌게졌다. 여름엔 땀에 절어 옷이 늘 축축했다. 고모네 칼국수 가게에서 설거지와 배달을 했던 그때, 나는 열아홉에서 스무 살 꽃봉오리 같은 시절을 건너고 있었다. 옛 동대문극장이 있던 시장 골목에서.

음식을 배달하고 설거지하는 게 부끄럽지 않았다. 당면한 문제들을 해결하기에 힘이 부쳤고 감상 따위는 사치스러울 뿐이

동대문 시장 골목

출처 : 서울역사박물관

었다. 내 상황을 남과 비교하지 않았다. 그것만이 자존감을 지키는 일이라고 생각했다. 늦깎이로 간신히 학업을 이어가며 가만가만 꿈을 키웠다. 장녀의 무게를 어떻게든 견디고 꿈을 이루리라고. 현실을 알아갈수록 그것이 요원하다는 걸 알았다. 때론 절망했고 때론 체념했다.

하지만 아주 포기하진 않았다. 시장 골목에서 만난, 치열한 삶을 이어가고 있는 사람들 덕분이었다. 천막가게에서 재봉을 하는 김 아저씨, 전쟁 후 월남하여 주물가게를 운영하는 윤 할아버지, 허리가 반이나 굽은 등산복 가게 아주머니 등. 한 사람도 성실하지 않은 사람이 없었다. 칼국수 가게를 하는 고모 내외도 마찬가지였다.

시장 골목은 자정이 될 때까지 불이 환했고, 이른 새벽 어둑할 때 벌써 부스럭거리며 깨어났다. 부족한 잠에 시달리면서도 푸릇푸릇 깨어나던 그곳. 거리는 언제나 거무튀튀했고, 진열된 물건들도 대부분 무채색이었다. 알록달록한 등산복이 거무스름한 골목의 전체적인 색채에 잠식돼 선명해 보이지 않았다.

사람들의 눈빛만 빛났다. 처자식을 먹이고 가르쳐야 하는 사람들. 그들의 손에 묻어 번들거리는 검은 기름때 때문에 더 그렇게 느꼈을까.

그 좁은 시장 골목에 여름이면 냉차, 겨울이면 귤 몇 무더기 놓고 파는 노점상이 있었다. 거기서 노동의 신성함을 배웠고, 경제 활동으로 얻어지는 소득의 소중함을 배웠으며, 내 힘으로 일한 것의 당당함 또한 배웠다.

친구들이 가끔 가게로 찾아왔다. 말쑥하고 예쁜 그들의 차림과 허름한 내 모습이 비교되었다. 안쓰러워하는 친구들의 표정을 모른 척했다. 그들을 배웅하며 돌아설 때, 아무 잘못이 없는데 눈물이 핑 돌았다. 꾹 참았다. 내게 닥친 역경을 내 힘으로 헤쳐나가고 있다는 자존감 때문이었을 거다.

그 골목의 많은 상점에는 내 또래 청소년들이 주물이나 봉제 기술 또는 상술을 배우며 꿈을 키우고 있었다. 때로 주인에게 꿀밤을 맞았고, 호되게 꾸중을 듣기도 했다. 나와 눈이 마주쳤을 때 민망한 듯, 수줍은 듯, 흘깃거리던 그들의 모습이 지금도

선하다. 근처에 유명 레코드사가 있었다. 가수나 가수 지망생
들이 작곡가들과 함께 가게에 와서 칼국수를 먹었고, 레코드사
로 배달을 시키기도 했다. 일고여덟 그릇 칼국수를 들고 삼사
층까지 올라가는 일도 있었다. 쉽지 않았다. 무거웠고, 엎지를
까 봐 염려되었다. 간신히 배달하고 계단을 내려올 때, 다리가
후들거려 비틀댔다. 건물 벽이 노랗게 보이기도 했다. 이름만
대면 알 수 있는 가수 몇도, 그 레코드사에서 청소하고 녹음실
에서 일하며 노래를 배우던 연습생이었다. 그들도 그곳에서 꿈
을 키웠으리라.

　고모가 얻어준 가게 근처 쪽방에서 나는 늦도록 공부하고 책
을 읽었다. 불기가 전혀 들어오지 않는 다다미방에 깔린 전기
장판은 자주 고장이 났다. 몸을 웅크리거나 도르르 말고 체온
으로 냉기를 몰아냈다. 새벽에 일어나면 온몸이 굳어 뼈에서
우두둑 소리가 났다. 손바닥만큼 작은 창을 열면 동대문의 푸
릇하고 불그레한 단청이 어둠 속에서 기지개를 켰다. 서서히
종로 거리에는 차들이 질주하고 시장 골목엔 사람들이 북적댔

다. 고모네 가게로 가는 골목에도 음식점과 잡화상이 즐비했는데, 아침에 출근하다 간밤에 취객이 내놓은 토사물을 심심찮게 보았다.

어느 해 크리스마스 이브였다. 통행금지가 없는 1년 중 유일한 하루. 밖에는 눈이 내렸다. 거리마다 늘어선 포장마차에는 참새와 꼼장어 굽는 연기가 피어오르고, 캐럴이 울려 퍼졌다. 문화적인 어떤 것에도 관심을 두지 않던 나였는데, 그날은 이상스레 마음이 설레고 방에 있기 싫었다. 나와서 걸었다. 무작정. 삼일빌딩 앞을 지나 무교동까지. 함박눈이 종로거리를 하얗게 덮고 있었다. 아팠던 날들, 고단했던 날들도 그렇게 덮어주는 듯했다. 눈처럼 순수하고 소박한 꿈을 꾸며 계속 걸었다. 포장마차 안을 기웃대다 그만두었다. 내가 그 시장 골목에서 살 때 누려본, 처음이자 마지막 낭만이었다.

이 골목 저 골목 다 돌아봤지만 내 기억과 일치하는 곳이 거의 없다. 천막으로 칸막이가 되었던 가게는 사라지고 깨끗한

건물이 들어섰다. 요행히 고모가 하던 칼국수 가게 자리를 찾
았다. 가게는 보관소로 변해 있었다. 내가 뛰어다녔던 그 골목
에서 사진을 찍었다. 울퉁불퉁 튀어나온 보도블록이 세월의 흐
름을 말해주는 것 같았다. 내가 잠시 살았던 집도 찾을 수 없도
록 다 변했다. 동대문이 보이는 곳에서 이쯤일까 어림짐작만
해볼 뿐이었다.

　내가 꿈을 꾸던 종로 5가 시장 골목, 거무튀튀한 색채와 밤이
면 켜지던 포장마차의 불빛, 하얗게 내리던 성탄 전야의 함박
눈, 갈래머리를 흔들며 뛰어다니던 그곳. 땅띔조차 못 할 정도
로 변한 골목에서 서늘한 그리움을 느꼈다. 꿈을 잉태한 푸르
던 날에 대한 그리움일까. 그런 날들이 내 몸과 마음을 자라게
한 것이리라.

　지그시 눈을 감았다. 생경한 풍경이 사라지고, 45년 전 골목
의 풍경이 오롯이 되살아나 움직이는 듯했다. 그립다, 그리운
날들이다. 아픔과 슬픔을 저만치 뒤로하고, 그저 그리울 뿐이
다.

한 봉 숙

Han Bong Sook

추억은 향기를 남기고
명동의 언덕길에 오르면

한봉숙

충남 보령에서 태어나 어린 시절을 보냈
으며, 무역학 및 교육학을 전공하였다. 출
판인으로 푸른사상사를 설립하여 문학,
역사, 문화, 아동, 청소년 등 다양한 분야
의 도서를 펴내고 있다. 문학잡지 계간
『푸른사상』의 발행인이다. 함께 쓴 책으로
『꽃 진 자리 어버이 사랑』『문득, 로그인』
『여자들의 여행 수다』『흡흡흡 부를 테니
들어줘』 등이 있다.

추억은 향기를
남기고

　햇빛을 가득 머금은 들풀의 내음, 밤에서 새벽으로 넘어오는 공기의 냄새, 이렇게 우리에게 익숙하고 편안한 냄새에서 오래된 기억의 흔적을 찾을 수 있다. 고향은 기억을 불러오는 특별한 내음을 간직하고 있다. 그 기억 속의 향수는 새로운 경험을 촉진시킨다.

　유년 시절 그곳에서 미래에 대한 꿈을 키웠고, 나이가 들어가며 유년의 추억들을 조금씩 꺼내어 음미하며 살아가고 있다. 바쁘게 살아가는 일상 속에서 매너리즘에 빠져 막막할 때, 깊이 간직된 추억의 조각들이 나를 치유한다.

"나의 살던 고향은 꽃 피는 산골. 복숭아꽃 살구꽃 아기 진달래. 울긋불긋 꽃대궐 차리인 동네. 그 속에서 놀던 때가 그립습니다." 고향을 떠나 있을 때나 고향을 찾았을 때 나도 모르게 흥얼거리는 노랫말이다. 내 고향은 이 노랫말 속 풍경처럼 뒤에는 산과 앞에는 바다가 펼쳐진, 수려한 풍광을 자랑하는 곳이다. 그런 산수가 좋은 곳에서 유년을 보냈고 청소년기에 고향을 떠나와서인지 고향에 대한 추억과 향수가 남다르다.

부모님이 사시던 옛집도 시대의 변화에 따라 형태가 바뀌어 지금은 어릴 때 내가 뛰놀던 그 집이 아니다. 외형은 많이 달라졌지만 아직도 고향 어귀에 들어서면 옛날의 향기가 나를 과거의 기억 속으로 불러들인다. 마당에 모여 앉아 온 동네 이야기를 속속들이 전하던 아주머니들, 자다가 이불에 지도를 그리고는 키를 쓰고 소금 얻으러 왔던 이웃집 사내아이, 식구들끼리 옹기종기 모여 앉아 밀가루 반죽을 밀어 칼국수를 해서 이웃과 나눠 먹었던 일…… 이제는 그 모든 추억이 시간 속에 묻혔다.

마을길을 굽이굽이 돌다 보면 어느새 나는 그 시절 그 공간 속으로 들어간다. 깔깔거리며 뛰어놀던 친구들의 웃음 소리,

숨바꼭질이나 고무줄 놀이를 할 때마다 짓궂게 굴었던 남자애들, 그러한 유년의 기억들이 흑백영화 속의 한 장면 한 장면이 되어 파노라마처럼 펼쳐진다.

청소년기에 고향을 떠나와 외롭고, 힘들고, 지칠 때, 그냥 무작정 서울역에서 기차를 타고 달려가 고향역에 내리면 벌써 마음은 부모님 곁에 가 있는 느낌이었다. 고향의 향기가 나를 치유하고 그곳을 지키고 있는 모든 것들이 나를 위로해주는 듯했다. 고향의 기운은 나를 여물게 만들어주었다. 내 정서가 끈끈하게 맞닿아 있는 어린 시절의 고향, '고향'이라는 공간이 주는 심리적 안정감과 마음의 평안을 이제 조금은 알 것 같다.

몇 년 전까지만 해도 한 달에 몇 번씩은 드나들었다. 고향을 지키며 나를 기다리는 아버지가 계셨기 때문이다. 아버지는 주말이면 찾아오는 자식들을 보는 것을 낙으로 삼고 사셨다. 고향에 자주 갔어도 변화된 고향을 둘러볼 기회가 없었다. 없던 길이 뚫리고, 신도시가 생겨 지형도가 변해도, 부모님만 뵙고 바쁘게 돌아오곤 했었다.

그러다 한 번쯤 아버지를 모시고 가족들이 모두 함께 고향 주변을 둘러보기로 했다. 내가 어릴 적엔 하루에 버스가 두 번 정도만 다니던 성주산, 성주 탄광마을은 굽이굽이 험한 산을 넘어야 갈 수 있는 오지였다. 하지만 이제는 터널이 뚫려 한 시간 넘게 걸리던 곳을 20분 만에 도착하였다. 우리 지역의 연탄을 생산했던 탄광은 이제는 석탄 박물관으로 변해 있었다. 성주사지와 석탄 박물관을 둘러보았다.

어릴 적 친구 집에 놀러가 시원한 계곡을 찾아 발 담그고 놀았던 곳에 '개화예술공원'이 조성되어 있었다. 내가 알 만한 문인들의 문학비가 '남포오석'에 새겨져 자연과 잘 어우러진 문화예술공원이었다. 원래 보령은 오석과 청석의 주산지이며 석탄 산업이 발달한 곳이었다. 붓글씨 쓸 때 먹을 가는 '남포벼루'가 예전부터 유명하다.

고향의 명승지를 이곳저곳 찾아 다니다가 '천북 굴축제'를 하고 있다기에 그곳으로 갔다. 바닷가 마을은 끝이 보이지 않을 정도로 사람들로 꽉 차 있었고, 그곳에서 구워 먹은 굴에서는 단맛이 났다. 오랫동안 맛보지 못한 고향의 맛을 만끽하며

시간을 보냈다. 이렇게 유서 깊은 곳이 많은 줄 미처 알지 못했
던, 내 고향 보령의 매력에 흠뻑 빠져들었다. 아버지께서도 고
향에 이런 곳이 있는 줄 몰랐다며 좋아하셨다.

　부모님께서 90여 년 동안을 사시며 지켰던 고향, 그곳은 흐
르는 시간과 함께 조금씩 변해갔다. 지금은 서해안고속도로가
뚫리고 해안도로가 놓여 더 이상 섬이 아니라 인기 있는 관광
지가 된 죽도, 상전벽해라더니, 반대로 바다가 간척지로 변해
온갖 곡식들이 자라고 있다. 끝없이 펼쳐진 하얀 백사장에 갈
매기 높이 날던 대천해수욕장, 모세의 기적처럼 간조 때면 바
닷물이 갈라지는 비밀의 섬 석대도, 걸어서 건너가며 조개, 소
라, 낙지 등을 잡을 수 있다는 게 매력인 무창포해수욕장, 지
난날을 생각하며 저물녘 석양빛에 반짝이는 윤슬을 바라보니
내가 좋아하는 시인의 시구가 떠올랐다. "아주 잠깐이었지만/
대천 앞바다에서 윤슬을 바라보다가 깨달은 일은/아름답게 죽
는 것이었다//소란하되 소란하지 않고/황홀하되 황홀하지 않
고."(맹문재,「아름다운 얼굴」)

　이제는 추억 속에 잠겨 그리움만 가득한 고향, 사라져가는

것은 애틋하고, 애틋한 것은 사라져만 간다.

나에게는 고향이 치유의 공간이다. 그렇게 생각하다 보니 우리 아이들에게 고향의 의미는 무엇일까 궁금해졌다. 사실 아이들에게는 고향에 대한 추억이 별로 없을 것이다. 문득 미안해졌다.

서울 연남동에 신혼살림을 차렸고, 그곳에서 두 아이를 낳아 큰아이가 다섯 살, 작은아이가 세 살이 될 때까지 살았다. 출근하면서 아이들을 홍대입구 쪽에 있는 어린이집에 데려다주었다가, 퇴근길에 들러서 아이들과 함께 집으로 돌아가는 길에는 가끔 화물열차만 다니는 기찻길이 있었다. 철로 때문에 버스도 다니지 않는 그 길을 따라 두 아이의 손을 잡고 천천히 걸어서 집으로 돌아갈 때면 멀게만 느껴졌다. 주말에는 아이를 유모차에 태우고 나가 그 길을 산책하기도 했다. 아이들이 자라면서 그때 찍은 사진을 보고 여기가 어디냐고 묻곤 했다.

지금 연남동은 서울에서도 손꼽히는 핫플레이스가 되어 언제나 젊은이들로 들끓는다. 특히 그 기찻길 자리에는 '연남동

경의선 숲길'이라는 공원이 조성되어 주변에 카페와 음식점들이 즐비하다. 언젠가 큰아이가 그곳에 다녀왔다고 했다. 어릴 적 사진 속 추억의 공간을 찾아, 그 길을 걷고 사진도 찍었다며 좋아하는 모습에 무엇인가 감회가 새로웠다.

키에르케고르는 "자기만의 추억이 있는 사람은 온 세상을 가진 사람보다 더 부유하다."고 했다. 우리 아이들에게 그곳이 고향이 되어주었으면 좋겠다. 태어난 곳이자, 유년 시절 어렴풋하나마 그리운 추억의 공간이 되어주었으면 좋겠다. 세상에 추억이 없는 사람은 없겠지만, 자기만의 추억은 현재에서 재생되어 삶의 비타민이 되어준다.

고향은 낡았지만 편안한 옷처럼, 뇌리에서 잊혀지지 않는 한 폭의 수채화처럼 기억 속에서 영원히 빛을 발한다. 아무리 사소한 일이라고 해도 그곳에서 있었던 일들은 모두 놓치고 싶지 않은 소중한 추억이다.

명동의
언덕길에
오르면

명동은 내게 '처음'이라는 글자를 떠올리게 하는 곳이다.

1980년대 명동의 추억은 내 지나간 시간 위에 색비늘처럼 겹겹이 엮여 남아 있다. 지금의 명동 거리는 그 화려했던 예전의 명성을 뒤로한 채 스산하기만 하다. 그래도 내 기억 속의 명동은 휘황찬란하고 아름다운 추억이 서려 있는 곳. 명동의 언덕길에 다시 서본다.

교복을 벗고 처음으로 옷을 맞춰 입은 곳이 명동 중앙극장 뒷골목에 있는 양장점이었다. 그곳에서 친구들과 비슷비슷한 정장과 청바지와 청재킷을 맞춰 입고 명동 속으로 들어갔다.

80년대 명동 거리 출처 : 한국관광공사

명동성당

남산타워

높은 건물과 건물 사이로 화려한 네온사인의 빛나는 불빛에 이끌려 이 골목 저 골목을 걷다가 코스모스 백화점에 갔다. 처음으로 가본 백화점에서 에스컬레이터를 타고 1층에서 꼭대기 층까지 오르내려보기도 했다. 처음으로 음악다방에 가서 DJ에게 좋아하는 음악을 신청하고 기다림 끝에 익숙한 음악이 사연과 함께 흘러나왔을 때의 그 기분, '몽셸통통'이라는 칵테일 바에서 칵테일을 색깔별로 한 잔씩 시켜놓고 나름 멋을 부려보았던 곳, 명동은 그렇게 '처음'의 설렘으로 시작한 곳이다.

첫 직장이 명동성당 아래쪽 금융기관이 밀집된 곳에 있던 외국계 무역회사였다. 설레는 마음으로 출근하던 첫날, 명동 입구에 들어서니 빵 굽는 냄새와 커피 향기가 출근 준비에 바빠 아침을 먹는 둥 마는 둥한 나를 자극하였다. 출출함을 달래며 점심시간이 되기만을 기다렸다. 점심시간에 여기저기 맛집을 찾아다니는 것도, 점심을 먹고 명동성당에 올라가 잠시 여유를 즐기는 것도 명동이기에 가능했다. 사무실 유리창 너머로는 남산타워가 손에 닿을 듯이 가까이 펼쳐져 있었다.

또한 명동은 문화와 예술의 중심지이자, 유행의 메카였다. 그때그때의 최신 패션을 주도하는 양잠점들, 논노나 아비뇽패션 등 최고의 디자이너숍, 금강이나 엘칸토, 에스콰이어 등 핸드백과 구두 브랜드 매장도 명동에 많았다.

그래서 젊은 우리들은 당연하다는 듯 퇴근길에 명동으로 모였다. 20대, 삶에서 가장 아름다운 순간을 뽐내기 위해 나름의 멋을 부리며 그 시간들을 즐겼다. 첫 미팅을 한 곳도, 처음 선을 본 곳도 명동이었다.

그 후 20여 년이 지나 처음 사업을 시작할 때도 명동성당이 마주 보이는 곳으로 사무실을 정했다. 살아오면서 제일 활기찼던 곳에서 '초심'을 잊지 않고 사업을 하고 싶었다.

직장을 다닐 때와 다르게 사업을 한다는 것은 혼자서 모든 계획을 세워야 하고 혼자서 결정해야 하고 혼자 그 책임을 져야 한다는 것이었다. 마침 IMF 시기였고 여러 가지 힘든 상황에서 위기가 닥쳐오기도 했다. 답답하고 막막할 때마다 명동길로 나갔다. 터벅터벅 명동의 골목길을 걸으며, 20대 사회 초년

생 시절 서툴렀던 내 모습을 다시 떠올렸다. 이 명동에서 꿈을 꾸고 희망에 부풀었던, 가장 활기왕성했던 진정한 내 모습을 다시 찾음으로써 다시 힘을 내어 현실을 살아갈 수 있는 원동력을 얻었다. 그렇게 명동은 나에게 포기하지 말라고, 힘내라고 위로를 해주는 공간이었다.

명동은 언제 가도 반가운 풍경 속에 가장 뜨거웠던 그 시절의 기억을 떠올리게 한다. 80~90년대 친구와 함께했던 추억들은 아직도 생생하다. 좋으면 좋은 대로 힘들면 힘든 대로 서로를 위로하며 공유했던 많은 추억의 흔적이 명동 거리마다 배어 있다. 친구들과 함께했던 그 시간들은 긴 여운으로 남아 어느 날 문득 그리워진다.

해 질 녘에 명동 언덕길에 올라보면 쭉 뻗은 큰길에 가득한 사람들 모습이 석양빛에 반사되어 형형색색의 무늬를 만들고 있다. 명동은 그렇게 설렘과 신비로움이 가득한 한 폭의 그림으로 내 마음속에 남아 있다.

40년 전 그 기억 속 친구들과 명동을 다시 찾았을 땐 코로나

시기로 거리가 텅 비어 있었다. 외국인들과 관광객들로 인산인해였던 명동은 그 화려했던 모습을 잃어가고 있었다.

아직도 변하지 않은 익숙한 골목들을 돌다 보니 '명동교자'가 보였다. 그곳에서 점심식사를 하고 자주 다녔던 커피숍 '가무'로 갔다. 그곳에는 우리와 비슷한 연배의 사람들이 시간 여행을 즐기고 있었다. 우리도 그 시간을 공유하며 함께했다. 아직도 명동은 추억을 그리며 찾아오는 곳이며, 다시 추억을 만드는 곳이다. 더운 날씨여서 팥빙수를 시켰더니 종업원이 비엔나 커피를 추천해준다. 비엔나 커피라는 말에 우리는 하나같이 80년대 어느 해 크리스마스의 에피소드를 떠올렸다.

크리스마스가 되면 친구들과 명동에 모여 이 길 저 길을 쏘다니는 게 멋지고 낭만적인 일이었다. 그때 한 친구의 단골 커피숍에 가게 되었는데 크리스마스엔 비엔나 커피만 판다는 것이었다. 주인 마담에게 따져보아도 어쩔 수 없었다. 여러 명이 선택의 여지 없이 비싼 값에 비엔나 커피를 마시고 크리스마스를 보내야 했던 언짢은 기억이 뮤지컬의 한 장면처럼 다시 되살아났다.

추억과 낭만의 거리 명동, 지금도 명동의 골목들은 그 흔적을 품고 있다. 명동이 다시 활력을 찾고 미래 세대들에게 이어져, 그 시대에 맞는 새로운 감성으로 거듭나길 바라며, 모든 사람들에게 추억을 선물하는 공간이 되었으면 하는 바람이다.

박 혜 경

Park Hye Kyung

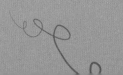

거기서 10시
서둘러 이별하지 않다

박혜경

대전에서 태어나 어린 시절에 서울로 와
서 성장했다. 문학을 좋아해서 문예창작
을 공부했다. 가천대학교 국문과에서 석
박사 과정을 마치고 문학박사 학위를 받
았다. 현재 가천대학교에서 학생들을 가
르치고 있다. 저서로『오정희 문학 연구』,
공저로『문화사회와 언어의 욕망』『시적
감동의 자기 체험화』『김유정과의 산책』
등이 있다.

거기서
10시

　오랜 세월 함께 나이 들어가는 친구가 있다는 건 참 소중한
일이다. '절친회'라 이름 붙인 우리 다섯은 대학 1학년 때 처
음 만났다. 함께 청춘을 보내고 나이를 먹어가고 어느새 중년
이 되었다. 나이는 한두 살씩 차이가 나고 성향도 취향도 다 다
르지만 생의 절반쯤을 함께한 친구들이니 어떤 면에서는 가족
이나 다름없다. 그녀들은 유쾌하고 즐겁다. 자신의 삶을 열심
히 살고 친구에 대한 배려를 잊지 않는다. 그래서 우리는 만나
면 즐겁고 헤어질 때면 그렇게 아쉽다. 이런 우리가 코로나 때
문에 얼굴을 자주 보지 못했다. 백신을 맞고 만나자고 했다가,
겨우 잡은 약속은 인원 제한에 걸려 번번이 아쉬움을 삼켜야만

대학로 마로니에 공원

출처 : 한국관광공사

했다. 그런데 뜻밖의 일로 우리의 만남이 성사됐다. 연극을 하는 동기가 우리를 초대했고 모두 흔쾌히 응했다. 사실 공연도 공연이지만 오랜만에 친구들을 만난다는 사실에 더 신이 났다.

더구나 공연 장소는 대학로 소극장이었다. 대학로는 그 이름만으로도 설레고 푸릇푸릇했던 나의 20대 청춘 시절을 떠오르게 하는 공간이다. 그 시절에는 몇 개 안 되는 문화의 거점이었기에 분위기가 지금보다 훨씬 더 활기찼었다. 특히 주말이면 거리마다 사람들로 북적였고 길거리 공연도 풍성했다. 나도 역시 친구들과 좀 더 특별한 기분을 내고 싶을 때면 대학로를 자주 찾았었다. 공연도 보고, 맥주도 한잔하면서 젊음을 만끽했다. 대학로의 상징이었던 마로니에 공원뿐 아니라 성균관대학교 근처까지 우리의 추억들이 없는 곳이 없다. 그때는 친구들만 만나면 무엇을 하든 즐거웠고 그 즐거움이 영원할 줄만 알았었다.

대학로 하면 연극, 뮤지컬 같은 공연을 빼놓을 수 없다. 전공 때문이기도 했지만 대학 시절에는 연극 공연을 많이 봤었다. 좋은 연극만큼은 꼭 보고 싶어 하는 욕심은 내 나름의 지적 유희이자 열정이었다. 작은 무대에서 벌어지는 배우들의 연기에 매료되었고 연극만이 가지고 있는 매력에 빠졌었다. 지금도 여전히 연극 보는 것을 좋아하고, 함께 갈 친구가 없으면 혼자 보는 것도 마다하지 않는다. 마지막으로 본 창극 〈패왕별희〉의 잔상이 오래도록 남아 있는 것도 코로나로 인해 오랜 시간 공연장을 찾지 못하는 아쉬움 때문일 것이다. 대학로는 말 그대로 20대의 나의 꿈과 열정이 숨 쉬는 공간이다.

약속한 날만 손꼽아 기다리던 우리는 일찍부터 만났다. 공연 시간은 저녁 7시였지만, 그 시간에 맞추기는 너무 아까운 날이었다. 약속 장소는 광장시장. 우리 동기 중 최고참 언니가 제안했다. 거기서 10시! 찬성, 나도 맞춰 나갈게, 그럼 그날을 기다리며~. 단체 톡방에 동의를 알리는 문자가 쏙쏙 올라붙었다. 우리는 늘 그렇다. 누군가 무엇을 제안하면 크게 토를 달지 않는다. 서로에 대해 잘 알고 믿기 때문에 그런 것 같다. 이른 시간인데도 광장시장은 분주했다. 토요일이기도 했지만 코로나로 인한 거리 두기가 어느 정도 완화되면서 이제 시장통도 본래의 모습을 조금씩 찾아가는 듯했다.

광장시장에서 빼놓을 수 없는 것은 아무래도 먹을거리들이다. 우리는 그곳에서 제일 유명하다는 빈대떡집에 자리를 잡고 앉았다. 본점은 대기 줄이 길어서 별관까지 가서야 자리를 잡을 수 있었다. 당장 서로의 수다 보따리를 풀었다. 사실 기억에 남을 만큼 특별한 이야깃거리는 없었다. 그냥 사는 이야기를 하는 것이다. 그저 기분에 취하고 분위기에 취해서 수다를 떨고 잔을 부딪쳤다. 나이를 먹어감에 따라서 달라지는 게 있다면 수다의 소재이다. 젊을 때는 연애, 사랑, 친구 이야기가 주를 이뤘다면 이제는 건강, 자식, 연세 드시는 부모님 걱정을 한다. 애써 설명하지 않고 몇 마디만 던져도 내 맘 알아주는 친구가 있다는 건 감사한 일이다. 한참을 떠들다가 갑자기 소란스러워져서 주변을 돌아보니 어느새 자리가 꽉 차 있었다. 그야말로 남녀노소 상관없이 가족, 연인, 친구들까지 이야기꽃을 피우고 있었다. 어쨌거나 취기가 오르면 목소리가 따라서 커지기 마련이고 가게 안은 사람들의 수다와 고성으로 터질 것만 같았다. 다른 사람 눈치 볼 것 없이 맛있는 빈대떡과 막걸리로 기분을 내고 수다를 실컷 떤 후 가게 밖으로 나왔다. 여자 다섯

이 수다 떨기에는 시장만 한 곳이 없었다.

광장시장을 나와 우리는 대학로로 이동했다. 갑자기 더워진 날씨에 아이스커피를 한 잔씩 들고 마로니에 광장에 자리를 잡았다. 오랜만에 온 마로니에 공원은 기대했던 모습은 아니었다. 20대 시절 자유분방했던 광장의 분위기는 찾아볼 수 없었다. 광장에 마련된 의자에 털퍼덕 주저앉아 더위와 갈증을 달래고 이화공원으로 향했다. 가벼운 산책길인 줄 알고 따라나섰는데 의외로 고갯길이었다. 심호흡을 크게 하고 가벼운 농담도 던지면서 오르막길을 올랐다. 경사가 꽤 가팔랐고 어느새 숨이 턱턱 차올랐다. SNS에서 자주 보던 포토존을 확인하고 내가 아직 모르는 서울의 구석구석이 많다는 것을 새삼 느끼게 되었다.

오래된 친구들의 좋은 점은 함께 가진 추억이 많다는 거다. 이제는 시간이 많이 흘러 서로의 기억이 다를 때도 있지만 그게 뭐 대수인가. 덕분에 실컷 웃을 수 있다면 그걸로 충분하다. 특히 대학로는 우리들에게 추억이 많은 장소이다. 무엇을 하든 그 마무리는 술자리였으니 그럴 수밖에 없다. 이제는 이름도

가물가물한 선배, 후배, 동기들 얘기에 수다는 끝없이 이어졌다. 끊임없이 수다를 떨며 대학로를 걷던 중에 의미 있는 장소에 도착했다. 바로 그곳은 동기 두 사람의 이야기가 나올 때마다 빠지지 않는 사건이 벌어진 곳이었다. 나의 친구들은 이른바 '성지순례'라며 배꼽을 잡았다. 이야기인즉슨, 술에 취한 한 친구가 더 술에 취한 친구를 걱정한다는 것이 과격해져서 그의 뺨을 한 대 세차게 올려붙인 일이다. 당시 옆에서 그 상황을 목격한 우리들은 불시에 내 뺨이라도 얻어맞은 것처럼 화끈거리고 놀라운 일로 그날의 일을 기억하고 있다. 그 대로변에 도착했을 때 우리는 또다시 그 이야기에 열 올리면서, 그때의 장본인을 몰아붙였다. 하지만 장본인은 지금이나 그때나 별 기억이 없다는 듯 웃음으로 화답한다. 두고두고 우려먹을 이야기이다.

최종 목적지인 대학로 소극장은 익숙한 듯 낯설었다. 지하라 그런지 한기가 돌았고 객석은 텅 비었고 공연도 기대한 만큼은 아니었다. 공연이 시작되고 배우들의 열연이 펼쳐지고 우리는 기꺼이 몇 되지 않는 관객으로서 공연에 적극적으로 호응하면서 유쾌하게 관람을 마쳤다.

돌아오는 길의 허전함은 다음 약속을 서둘러 잡는 것으로 달랠 수밖에 없다. 좋은 친구들과 보내는 하루는 그 어느 순간보다 행복하다. 오늘 얻은 에너지로 또 며칠은 일상의 반복과 피로함을 달랠 수 있을 거다. 오랜만에 함께해서 유쾌하고 즐거운 하루였다.

서둘러
이별하지 않다

누구에게나 똑같이 주어지는 시간이지만 상황에 따라 느껴
지는 속도는 다르다. 평소에는 더디게 느껴졌던 시간이 좋은
사람들과 있을 때는 왜 그렇게 빨리 가는지 모르겠다. 우리 삶
에서 이별은 숙명이라지만 사랑하는 사람들과 보내는 시간만
큼은 천천히 흘렀으면 좋겠다. 어떤 순간이나 장소에서는 이런
맘이 더욱 간절해지곤 하는데, 내게는 남한산성이 그런 장소
중 하나다. 남녘 어디쯤에서 화려한 꽃 소식이 들려올 때, 설악
산 가을 단풍과 화려한 옷을 입은 등산객들이 부러워질 때, 그
래도 괜찮은 건 다 남한산성 덕분이었다.

남한산성엔 꼬불꼬불하고 경사진 드라이브길이 있다. 초보

남한산성 둘레길

운전자에게는 높은 난이도이기에 운전연수의 마지막 코스로
도 잘 알려진 길이다. 조심스럽게 첫 운전을 한 이후에 20년 동
안 수도 없이 그 길을 오르내렸다. 일상에 지쳐 힘들다고, 봄꽃
이 아름답다고, 무료한 주말을 달래려고, 참 다양한 이유로 그
곳을 찾았다. 계절이나 낮과 밤에 상관없이 가고 싶을 때면 망
설임 없이 그곳에 갔다. 멋진 풍경을 보며 여유 있게 드라이브
를 하는 것만으로 남한산성 전체를 본 것처럼 만족스럽다. 그
리고 그는 언제나 변함없이 그곳에 있었다.

　어제 오후만 해도 그랬다. 주말이라 고속도로며 시내로 나가
는 길이 꽉꽉 막혔다. 그냥 가까운 곳에서 식사하는 것으로 휴
일을 보낼까 하다가 아쉬운 마음에 남한산성에 갔다. 지난번
에 보았던 나무들이 어느새 시리도록 새파란 여름잎을 달고 곳
곳에 나무 터널을 만들어놓았다. 동행한 엄마는 2주 전에만 해
도 여린 연둣빛이었는데 그새 이렇게 무성하고 녹음이 우거졌
다며 감탄하셨다. 반복되는 일상 속에서 무감해졌던 신비로운
자연의 변화를 새삼스레 다시 느꼈다. 예민하게 계절의 변화를
감지할 수 있다는 점도 내가 그곳을 좋아하는 이유이다.

올해 도시의 봄꽃은 유난히 따뜻했던 4월의 날씨 탓인지 일찍 져버리고 말았다. 속상하고 아쉬운 마음에 상실감이 컸다. 나는 주저 없이 남한산성으로 달려갔다. 며칠 전 아직 봄꽃이 덜 핀 풍경을 보았으니 지금쯤이면 봄꽃이 만개했을 거라는 생각이 들었다. 남한산성 입구를 지나자마자 화려한 봄꽃의 자태와 축제에 놀랐다. 서로 앞서거니 뒤서거니 피어나는 꽃들이 온통 다 만개하여 화려한 봄의 정취를 뽐내고 있었다.

남한산성의 계절은 천천히 오고 간다. 서둘러 한 계절과 이별하지 않는다. 꽃이 피면서 동시에 신록이 우거지고 봄이 오는가 하면 저 산 너머에 쌓인 눈이 여전하다. 꽃과 나무도 서로 어울려 피어 있을 때 더 예쁘고 아름답다는 것은 너무나 당연한 이야기일까.

그곳을 즐기는 방법은 다양하다. 아름다운 자연을 배경 삼아 사람들은 등산을 하고 맛있는 음식을 먹고, 분위기 있는 카페에서 커피를 즐긴다. 여름철이면 계곡을 찾아 가벼운 물놀이와 삼계탕 한 그릇도 보양식으로 먹을 수 있다. 하지만 내가 가장 많이 즐기는 건 예전이나 지금이나 드라이브다. 차로 남한산성 굽이굽이 길을 한 바퀴 쭉 둘러오는 것이다. 성남에서 시작해서 광주까지 간 후에 다시 그 길을 되돌아온다. 어느 방향에서 오르내리고 어떤 방향에서 바라보느냐에 따라 풍경은 달라진다. 다르게 보이는 산 풍경을 바라보는 묘미가 꽤 크다. 햇볕, 바람, 토양, 내가 정의할 수 없는 이유로 그곳의 풍경은 다채롭다.

최근 들어 즐겨찾는 한 카페는 어떻게 이런 곳에 카페를 지을 생각을 했나 놀라울 만큼 기가 막힌 곳에 자리를 잡았다. 그냥 그곳에 가는 것만으로 충분한 휴식을 할 수 있다. 특히 넓게 펼쳐진 야외 자리에 앉아서 산과 눈높이를 맞추고 있자면 세상의 시름이 다 사라지는 듯하다. 오고 가는 길이 아슬아슬하긴 해도 충분히 감수할 만하다. 그곳은 봄날에 찾으면 제일 좋을 것 같다. 봄바람이 산들산들 불고 춥지도 덥지도 않은 날, 연둣빛 산과 마주하며 고요한 시간을 보내면 제격이지 않을까.

깜깜해져서 산의 풍경이 잘 보이지 않는데도 나는 그곳을 찾는다. 특별히 야경을 보겠다는 것은 아니다. 그냥 그 분위기와 고요함, 알 수 없는 평화로움 자체가 매력이다. 깊은 밤 인적

드문 캄캄한 그곳에서 내가 느끼는 평안함과 따뜻함은 어디에서 오는 것일까. 아마도 그것은 그 산이 품고 있는 넉넉함과 풍요로움뿐만 아니라, 그곳에 깃든 나의 시간과 추억들 때문일 것이다. 그곳의 밤공기, 그곳의 꽃향기, 또 환히 밝히고 있는 달빛이 많은 추억을 품어주는 것이리라.

남한산성엔 좋은 사람들과의 추억이 참 많다. 계곡을 엉금엉금 기어오르며 환하게 웃던 꼬꼬마 시절의 조카 모습, 남편과 데이트 시절 마시던 해 질 녘 커피 한 잔, 한때 아지트처럼 친구들과 자주 가던 카페, 코로나 시국의 답답함을 달래던 엄마와의 소중한 데이트까지도. 그들의 웃음, 감탄사, 눈빛까지도 생생하다. 사랑하는 가족과 지인들 간의 시간이 그곳에 고스란히 남아 있다.

학교와 가깝다 보니 은사님과 학교 선생님들과는 더 자주 그곳에 갔다. 특별히 약속을 정하거나 바쁜 시간에 쫓기지 않고 잠깐이라도 바람 쐬기에 그곳만큼 좋은 곳은 없다. 특히 여행을 좋아하시는 은사님께서는 바쁜 일상에 긴 한숨을 토하고 새로운 들숨과 날숨을 쉬듯이 그곳을 찾으셨다. 함께 동행할 때면 분위기 있는 맛집과 카페를 알려주며 즐거워하셨다. 한때 우리가 자주 가던 카페가 있었다. 신록이 우거지고 날이 춥지도 덥지도 않을 때 야외석에 앉아 있으면 숲속에 와 있는 것 같은 청량감이 들었다. 특히 커피 맛이 좋아서 여러 번 리필을 하고는 날밤을 꼬박 새운 웃지 못할 기억도 있다. 그때 은사님은 학생 지도와 연구로 지친 마음을 씻어내듯이 더 과장되게 웃고 웃고 또 웃으셨다. 이제는 함께할 수 없는 은사님의 모습을 파란 하늘 아래에서 환하게 웃으시던 미소로 기억하고 있다.

남한산성, 당신과는 모든 것을 천천히 가고 싶다. 아름다운 자연과 함께 좋은 사람들과의 시간을 오래 함께하고 싶다. 그래서 그곳의 시간은 더 천천히 흘렀으면 좋겠다. 내가 추억하는 순간들을 기억하면서 또 앞으로의 추억들도 많이 만들면서 말이다.

나의 쉼 같은 그곳, 나의 숨 같은 그곳, 당신과는 천천히 가고 싶다.

The Great Spirit is in all
things, he is in the air we
breathe. The Great Spirit is our
Father, but the Earth is our
Mother. She nourishes us, that
which we put into the ground

엄 혜 자

Um Hye Ja

소돌마을이 들려준 이야기
추억은 사랑을 싣고

엄혜자

어려서부터 글 읽기를 좋아해서 활자 중독이라는 말을 들으면서 자랐다. 저서로 수필집 『소중한 인연』, 문학비평 『문화사회와 언어의 욕망』 『시적 감동의 자기 체험화』, 함께 쓴 책으로 『여자들의 여행 수다』 『흠흠흠 부를 테니 들어줘』 『그대라서 좋다, 토닥토닥 함께』 등이 있다. 문학박사이자 〈책읽는 마을〉 대표로서, 제자 양성에 힘쓰고 있다. 가장 행복한 시간은 제자들과 책을 읽는 일이다. 훌륭한 제자 양성을 인생 최고 목표로 삼고 있다.

소돌마을이
들려준 이야기

이 세상의 모든 것은 변합니다. 이는 우주와 인간도 같습니다. 그런데 고통의 시간에 빠지게 되면 영원히 그 속에 있을 것만 같은 생각이 듭니다. 그래서 온통 검푸른 어둠에 싸인 세상이 무서워집니다. 저에게도 아들로 인한 큰 아픔이 있었습니다. 가슴이 쩌엉해서 설핏 기우는 저녁해를 바라보며 울었던 적이 많았습니다. 그런데 지금은 그때의 경험이 오히려 추억이 되어 차곡차곡 예쁘게 남았습니다.

사춘기, 누구나 한 번쯤 겪으면서 어른이 되어갑니다. 그런데 사춘기를 겪는 넓이와 강도는 모두 다릅니다. 저의 사춘기는 햇살 좋은 오후의 복숭아나무 아래에서 웃고 떠들던 명랑함으로 기억됩니다. 하지만 아들의 사춘기는 만만하지 않았습니다. 그 치열도가 지나쳐서 인생의 방향이 엉뚱하게 다른 곳으로 흘러가는 것은 아닌가 조심스러웠습니다.

아들이 고등학교에 입학한 후, 싸움에 휘말린 적이 있습니다. 연약한 친구들을 수시로 괴롭히는 그룹에 대항하다 다툼이 났답니다. 그들은 아들에게 욕하고 놀리며 싸움을 걸었습니다. 이런 일로 학교가 불편해서 우울해하는 아들을 보면서 힘든 이들을 도우라는 밥상머리 교육이 옳았던 것인가 고민이 많았습니다. 그들은 아들에게 자신의 그룹 중 한 명과 일대일 대결로 다툼을 끝내자는 제안을 했고 결국 아들은 받아들였습니다. 옥상에서 있을 대결 이야기가 퍼지자 남고 학생들은 학교에 신고하기는커녕 서로 응원 편대를 조직하거나 혹은 누가 이길 건가의 내기에 더 흥미를 보였다고 하네요. 상대편 아이가 다쳤으나 아들은 정당방위로 면죄부를 받았고, 상대편 가담 학생들이 징계를 받았습니다. 이런 사건을 겪으면서 아들은 점점 책과 공부를 멀리하게 되었답니다.

그해 겨울방학에는 공부가 손에 잡히지 않는다고 고민을 털
어놓더군요. 지금 환경에서 벗어나 친구들과의 관계도 끊고 검
정고시로 대학을 가고 싶다는 의견도 피력하구요. 저는 고등학
교를 졸업하고 대학에 가는 과정이 가장 정상적인 길이라고 생
각했습니다. 그래서 아들의 고민에 귀 기울이지 못했습니다.
아들은 공부하려고 나가는 것이니 걱정하지 말라는 글을 남기
고 가출을 했습니다. 이미 아들과의 대화에서 자주 등장한 검
정고시를 떠올리고 검정고시 학원에서 아들을 기다렸습니다.
아들은 공부해보겠다는 비장한 결기를 담은 얼굴이었어요. 한
편으로는 고교 과정을 빨리 끝내겠다는 생각으로 밝은 모습이
었어요. 자퇴하겠다는 아들에게 학교에서 배우는 것은 학습만
이 아니라 이 사회를 살아갈 수 있는 질서와 규칙, 예절과 도
리, 인간관계 등이라며 설득을 해서 어렵사리 집으로 데려왔습
니다. 학교가 즐겁지 않았던 아들은 시들해진 모습으로 2학년
을 시작했습니다. 몰래 오토바이를 사서 타고 다니기도 했습니

소돌마을

다. 이번에는 공부에 흥미를 붙일 수 없다면서 자퇴하고 싶다
고 합니다. 사회 경험을 바탕으로 앞으로 살아갈 방향과 공부
의 당위성을 찾아보고 싶다구요. 자퇴는 쉽게 허락할 수 없는
문제였고 그러는 사이 아들과 자주 다투게 되고, 어느새 저는
아들을 미워하게 되더군요.

저는 그때 마음을 진정시키려고 신경림의 「동해바다」를 자주
읽었습니다. "널따란 바다처럼 너그러워질 수는 없을까/ 깊고
짙푸른 바다처럼/감싸고 끌어안고 받아들일 수는 없을까". 이
런 시구를 읽으면서 너그러워지고 싶었습니다. 감싸고 끌어안
고 받아들이고 싶었습니다. 그런데 자식에게는 참 어렵더군요.
고속도로 같은 탄탄대로를 내려서서 지도도 없는 산길로 가겠
다는 아들을 이해하고 그 심정에 공감하기가 어려웠습니다.

그때 소돌마을에 갔습니다. 아들바위에 얽힌 전설과 소돌마
을의 평안함이 저를 그곳으로 이끌더군요. 서울을 출발할 때
좋았던 기후가 그곳에 도착해보니 악천후로 변해 있었어요. 소

돌해변에서 바라본 동해바다는 널따란 마음과 모든 것을 포용하는 모습이 아니었어요. 파도가 해변 전체를 다 덮고도 부족한지, 방파제 위의 도로까지 침수시키고 있었지요. 거세고 무섭고 맹렬한 기세, 몸이 흔들릴 정도로 강한 비바람으로 나를 몰아세우고 방파제를 때리는 파도는 기하학적인 파장을 만들어냈습니다. 꼭 복잡한 제 마음과 같았습니다.

밤새 휘몰아치는 바람과 파도 소리에 잠을 이루지 못하다가 새벽에 잠깐 잠이 들었습니다. 눈을 뜨자 창살 사이로 비추는 햇살과 바다의 찰랑거리는 소리에 마음이 한결 편안했습니다. 밤새 파도와 바람의 울부짖음과 격렬한 몸짓으로 오히려 깨끗해진 바다를 바라보았습니다. 오래 산 부부끼리는 닮아간다고 하더니, 우리는 '이 또한 지나가리라!'라고 동시에 말했습니다. 힘든 시간을 잘 견디면 오히려 성숙하게 되는 것이 세상의 이치입니다. 즉, 세상을 살다 보면 막을 수 없는 운명 같은 무수한 파도를 만납니다. 그렇다면 파도가 그치기를 바라면서 숨죽이고 있는 것보다 파도를 잘 타는 법을 배우는 편은 어떨까요.

겁먹지 말고 파도를 잘 타서 이겨낸다면, 다음 파도는 더 편하
게 받아들일 수 있을 겁니다. 우리 부부는 아들의 심한 사춘기
의 과정을 파도로 생각하기로 했습니다. 이 파도를 잘 타는 법
을 부모로서 배워보고 인내하자고 했습니다. 그리고 우리는 아
들을 믿고 기다려주기로 했습니다.

　남편이 아들의 자퇴서에 서명한 날, 외진 나무 아래에서 한
없이 울었다고 합니다. 우리는 이 또한 지나갈 거라며 마음과
마음을 맞대고 서로를 위로했습니다. 취업확인서에 사인을 해
주고 아들을 기다려주기까지 소돌마을은 큰 힘이 되었습니다.
그 후, 아들은 숙식이 제공되는 주유소에서 사회생활을 시작했
구요. 아들은 힘든 일에 비해 표정은 매우 밝았습니다. 그런 아
들을 보면 다시 학교로 돌아올 수 있을까 하는 두려움 속에 소
돌마을로 갔습니다. 그곳에서 천양희 시인의 「지나간다」를 많
이도 읊었네요. "세상은 그래도 살 가치가 있다고 소리치며 바
람이 지나간다/사랑은 그래도 할 가치가 있다고 소리치며 바
람이 지나간다/절망은 희망으로 이긴다고 믿었던 날들이 다

지나간다/슬픔은 그래도 힘이 된다고 소리치며 바람이 지나간다." 이 시를 읽으면서 슬픔의 힘을 믿었고 절망을 희망으로 승화시켰습니다.

아들은 약속한 대로 일 년 후에 집으로 돌아왔습니다. 검정고시도 좋다고 바뀐 부모의 의견에 반대되게 자신은 학교로 돌아가고 싶다고 하더군요. 이렇게 서로의 의견을 존중하면서 아들의 사춘기는 끝나가고 있었습니다. 이후 아들은 고등학교에 복학 후 좋은 성적을 받았고, 명문대에도 진학했구요. 졸업 후에는 이런 특별한 경험으로 인해 유수한 기업들에 합격했습니다. 아들은 농담 혹은 자랑 삼아 '공부가 가장 쉬웠어요'라는 베스트셀러 제목을 패러디한 '취업이 가장 쉬웠어요'라는 말을 하곤 했습니다.

지금 되돌아 생각해보면 아들의 검정고시 선택을 왜 반대만 했을까라는 후회가 생깁니다. 인생은 다양한 갈래로 펼쳐져 있습니다. 우리는 인생길을 남과 꼭 같아야 한다고 생각할 필요가 없습니다. 각자 심사숙고해서 자신에게 맞는 길을 선택하면 됩니다. 그때는 저도 부모 역할이 처음이어서 다른 사람들이 많이 가는 길이 안전하다고 생각했습니다. 그래서 검정고시를 원하던 아들의 말을 무시로 일관했습니다. 이때 다행히 소돌마을을 만났고 그곳에서 동해바다를 오랫동안 바라봤습니다. 그리고 점차 바다를 닮아가게 되었습니다. 그래서 아들이 남들과 다른 길인 사회 경험부터 하는 걸 허락할 수 있었습니다.

세상 살아가는 일은 고해(苦海)라고 합니다. 하지만 그것을 견디는 힘은 우리 마음에 있습니다. 소돌마을과 동해를 닮아가고자 했던 마음이 우리를 구원한 셈이지요. 그 이후, 저는 힘들고 지칠 때마다 그때의 향수가 남아 있는 소돌마을에 갑니다. 편안한 소가 되어 동해의 웅장함을 가슴에 담아 옵니다. 아들도 힘들 때는 소돌마을에 간다고 하네요. 그곳에서 그때의 부모님을 생각한다고 합니다. 그곳의 푸름과 만나 더 푸르러질 꿈을 안고 돌아온다고 합니다. 인간은 망각으로 인해 왜곡된 기억을 갖게 되나 봅니다. 지금 그때를 생각하면 마음의 문이

활짝 열리고 가득 차오르는 바다 향기를 느낍니다. 이렇듯 힘
들게 보낸 시간과 경험은 저와 아들을 위해 꼭 필요한 것이라
는 생각까지 듭니다. 그 시절은 아름다웠습니다.

추억은
사랑을 싣고

여러분들은 힘들 때마다 생각나는 추억의 공간이 있나요? 그 공간을 떠올리는 것만으로도 삶의 의욕이 생기고 힘듦을 이겨낼 수 있는 장소가 있다면, 그것만으로도 큰 복입니다. 세상살이의 고해(苦海) 속에서 천군만마를 얻은 것과 같은 셈이니까요. 저에게도 그런 장소가 몇 군데 있는데요. 그중 하나가 인도네시아의 시바약산입니다. 이곳에서 우리 가족은 든든한 가족애를 맛볼 수 있었고, 가족과 함께라면 어떤 난관도 헤쳐나갈 수 있다는 믿음을 갖게 되었습니다.

시바약산은 브라스따기라는 이름의 신비한 고도(古都)에 있

습니다. 그곳은 1,300미터의 고도(高度)에 위치한 까닭에 기후
가 좋아서 관광객들로 북적였습니다. 우리 부부와 초등학생
인 두 아들은 오지 탐험을 좋아했어요. 그래서 시바약 활화산
을 등정하기로 결정했지요. 먼저 산악 가이드를 고용했습니다.
등산에 무슨 가이드까지 동행하냐구요? 호화여행이 아니냐구
요? 하지만 가이드 고용은 선택이 아닌 필수였습니다. 우리 가
족이 등정하기 몇 달 전, 생리 중인 여성분이 거대한 코모도뱀
에게 물려 사망했습니다. 밀림의 정글에서 맹수들이 출몰할 수
도 있구요. 그래서 시바약을 등정하기 위해서는 그곳을 눈 감
고도 오르내릴 수 있고 정글 칼을 잘 사용할 수 있는 가이드가
필요했습니다.

밤새 빗소리가 세차더니 브라스따기의 아침은 우연(雨煙)으
로 가득 차 있었어요. 저는 등정을 포기하자고 했지만 삼부자
(三父子)의 고집으로 인해 결국 등산이 시작되었지요. 도로 침
수로 끊어진 길이 많아서 출발 지점까지 가는 데에도 시간이
많이 걸렸어요. 이로 인해 가이드가 걱정했지만, 몰라서 용맹

한 우리 가족의 명랑한 목소리와 흥분된 열기가 그 걱정을 충분히 덮어버렸지요.

　시바약에 들어서자 저는 마치 천국을 보는 것 같았습니다. 전날 폭우로 인해 밀림의 얼굴은 더욱 푸르고 생동감이 넘쳤습니다. 막 떠오르는 아침햇살이 나뭇잎들 사이로 찬란하게 비쳐드는 모습은 기막히게 아름다웠습니다. 나무의 기둥을 타고 있는 다양한 모습의 이끼들은 얼마나 사랑스럽던지요. 또 난초들은 어떻구요. 우리나라에의 화원에서 볼 수 있는 각종 난초꽃들이 그곳에서는 들꽃이었어요. 알록달록한 빛깔들의 향연이 눈부셨습니다. 또한 그 향기는 얼마나 좋던지요. 보통 고유종 난이 그윽하고 찬란한 향기를 담고 있다면, 외래종 난들은 아름다운 몸치장으로 승부를 보았지요. 그러나 향기가 없는 점에서 부족함이 많았어요. 그런데 시바약의 난초들은 청량하고 달콤상큼한 향기의 축제를 펼치며 우리 가족을 초대했습니다. 난초에 넋을 잃다가 빨리 올라야 한다는 가이드의 지청구를 듣곤 했어요. 밀림 속의 많은 먹이로 식량을 구하는 고해(苦海)에서

시바약산

벗어난 새들은 온갖 치장과 노래에 몰두했어요. 새들이 주는 시청각의 즐거움에 동화되어 또 시간이 지체되었지요.

가이드는 "적도에 위치한 이곳은 저녁 6시가 되면 검은 적막의 밤으로 변한다. 그때는 하산이 힘들다. 길을 잃을 수도 있다."라며 재촉했습니다. 이제 가자미의 옆눈을 덮고 곧바로 오르기로 작정합니다. 그런데 이번에는 고산병 증상이 오더군요. 1,300미터에서 시작하는 시바약은 정상의 높이가 2,212미터입니다. 고도 2,000미터에 다다르자 숨이 차고 심각한 두통이 왔습니다. 또한 활화산에서 내뿜는 유황 가스 냄새까지 합해져서 오르기 힘들었어요. 아들들이 "도전! 어머니, 힘내세요. 도전하셔야지요. 여기까지 힘들게 왔는데요."라며 저를 이끌었어요.

산 정상에 도달했을 때는 비몽사몽 간에 사진 몇 장 겨우 찍었어요. 화구호의 아름다운 물빛도 나중에 사진을 보고서야 알았다니까요. 정상 근처의 등산객들은 야영 장비를 갖추고 있었어요. 하산한다는 우리 가족을 보면서 그들은 늦은 하산길을 걱정했어요. 시간은 저녁 5시를 가리켰지만 남편은 라면을 끓이고, 빨리 내려가야 한다던 가이드마저 라면 맛에 푹 빠져서 20분이 속절없이 흘러갔어요.

큰비가 왔던 다음 날이라서 하산길이 미끄러웠어요. 비까지 부슬부슬 내리기 시작하자 땅은 온통 진흙뻘이 되었어요. 우리는 좋은 등산화를 신고도 자주 넘어지곤 했습니다. 이와 달리 샌들을 신고도 잘 내려오는 가이드의 가뿐한 발걸음이 부럽고도 신기했어요. 곧 가이드가 우려한 현실이 도래하더군요. 산이 금세 컴컴한 어둠에 먹혀버렸어요. 밤이 되자 천국 같았던 시바약산의 자연이 검은 모습으로 다가와 섬뜩하게 느껴졌지요. 새소리는 사라지고 그 대신 포유류 동물들이 내는 소리에 으스스했습니다. 가끔씩 보이는 빛은 독버섯들이 뿜어내는 것이었구요.

그때 큰아들은 어디론가 미끄러져 사라졌고, 목소리만 멀리서 들리더군요. 간신히 가족 상봉을 하고 더듬더듬 내려오는

산길에서 쿵 소리를 내면서 한 사람이 넘어지면 서로 부축하
고 용기를 북돋워주면서 격려했지요. 이때 가장 큰 힘이 되었
던 것은 아들들이었어요. "어머니, 조심하세요." "아버지, 조심
하세요." "형, 조심해." "동생아, 이곳은 미끄러우니까 옆길로
와. 천천히." 이렇게 서로를 안고 단합했어요. 달빛도 없는 컴
컴한 밀림의 매서운 맛을 제대로 느끼고 때론 무서웠지만 가족
들의 사랑은 뜨거웠습니다. 오다가 길까지 잃어서 가이드가 이
곳저곳을 찾아다니는 시간까지 합쳐서 내려오는 데에 5시간이
나 소요되었어요.

멀리서 마을의 불빛이 보이자, 밤의 거센 풍랑에 길 잃은 배
가 등대를 만나듯 우리 가족은 생명의 동아줄을 만난 기분이었
어요. 가족들은 서로를 안고 뜨겁게 함께 포옹했습니다. 그리
고 문명의 세계로 돌아온 안도감과 함께 가족의 위대한 힘을
발견했어요. 마을에는 아이르 빠나스가 있었어요. 인도네시아
어로 노천온천이지요. 그곳은 밀림 속에서 느끼던 추위와 마음
의 으스스함을 다 녹여줄 만했어요. 온천에 뜨겁게 몸을 담그

고 온천물에 익힌 달걀을 전채음식으로 그곳에서 만들어 파는 모든 음식을 시켜 풀코스로 배불리 먹었습니다.

그 이후로, 가족 간의 불화나 문제가 있으면 시바약에서의 경험을 이야기합니다. 그러면 닫힌 마음의 문이 열립니다. 그 때의 추억을 찾아 대학생이 된 아들들과 함께 똑같은 코스로 여행을 다녀온 적도 있구요. 이제 우리 가족에게는 든든한 추억의 장소가 된 시바약산. 코로나로 여행도 못 가고 많이 움츠려서 3년을 보냈네요. 저는 이 글을 가족에게 공유하면서 다시 한번 브라스따기로의 여행을 추진해봅니다. 시나붕 호텔에서 먹을 수 있는 최고의 씨푸드 나시고랭과 각종 음식들은 생각만으로도 기분을 황홀하게 합니다. 브라스따기 두 개의 화산 중에서 활화산이 아니었던 시나붕이 터져서 심각한 피해를 불러왔습니다. 그리고 지금은 입산 금지가 되었지요. 다행히 시바약은 지금도 건재하며 낙원의 모습 속에서 활화산의 위엄을 자랑하고 있습니다.

　독자분들도 가족과의 연인과의 친구와 추억을 장소를 만들어 보세요. 심심하고 무기력한 날, 삶이 한없이 힘들어 번아웃된 날, 인간관계의 갈등에 마음을 다친 그때에도 추억의 장소는 예전의 아름다운 추억을 듬뿍 머금고 여러분을 기다릴 겁니다.

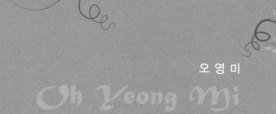

오 영 미

Oh Yeong Mi

살며 성장하며
이 땅에 태어나 나로 살아간다는 것에 대하여

오영미

서울 종로에서 태어나 명동에서 청소년기를 보냈다. 소설을 쓰려고 황순원 선생님이 계시는 경희대에 진학했으나 장터 약장수의 아크로바틱 쇼나 무대예술에 대한 관심 때문에 희곡 공부를 시작했고 그것으로 석사, 박사를 마쳤다. 현재는 한국교통대학교 한국어문학과에서 희곡과 영화 시나리오, TV 드라마 쓰기를 가르치고, 한국 시나리오 작가에 대한 연구를 하고 있다. 희곡작품집으로 『탈마을의 신화』가 있고, 저서로는 『한국전후연극의 형성과 전개』 『희곡의 이해와 감상』 『문학과 만난 영화』 『오영미의 영화 보기 좋은 날』 등이 있다.

살며 성장하며
— 명동의 추억

숱한 시간을 오고 갔던 중앙극장의 뒤안길, 성당을 향해 오르던 언덕배기, 즐비한 음식점과 그들이 뿜어내는 냄새들, 삼일로창고극장에 이르는 갓길, 붉은 벽돌이 고즈넉했던 수녀원과 명상 시설들, 서울예전으로 진입하는 퇴계로 쪽의 부산함들.

이런 기억의 편린들이 내 학창 시절을 수놓았던 명동의 그림들이다. 이 그림들은 오감으로 느껴지는 감각과 정서들이 중첩되어 때로는 그리움으로 혹은 아픔으로 나를 불러들이곤 한다. 최소한 6년에 이르는 중고등학교 시절의 스토리는 어느 자리에서든 이야기꾼이 되려는 내게 풍부한 소재들을 제공해준다. 만약 누군가 이 시절을 기억하면서 '별로'라는 수식어를 붙인다면 그것만큼 건조한 인생을 증거해주는 일도 없을 것이다. 누구에게나 이 시절은 이야기를 싣고 흐르는 개울처럼 다가올 것이다.

그 시절 내가 살던 집은 잠시도 머무르고 싶지 않은 곳이었다, 잠자는 시간 외에 내 몸이 있던 곳은 학교와 도서관, 성당, 그리고 명동의 뒷골목이었다. 나는 집 밖의 시간들을 메우기 위해 학생이 할 수 있는 모든 일들에 집적거리거나 몰두하곤 했다. 그런 습성이 오늘날 내가 잡다한 취미들로 스케줄을 만들어내는 원천이 아닌가 싶기도 하다. 글쓰기와 관련된 교내외의 행사에 대표 선수로 차출되는 것을 마다하지 않았는데, 그 에너지로 한동안 마음자리를 찾을 수 있었기 때문이었다. 방과 후에는 학교 도서관에서 책을 읽었는데, 1년이면 전집류 한 질을 읽어낼 수 있었다. 그래도 시간이 남으면 자청해서 밖으로 떠돌 기회를 찾곤 했는데, 그런 일들 중에 『학생중앙』의 학생 기자 일은 정말 구미에 맞는 일이었다. 취재를 명목으로 수업에 빠질 수 있었고, 그 시절 보수적인 학교 분위기에서 그것은 학생이 누릴 수 있는 최대의 특권이었다. 그래서 얻게 된 '우리

학교에서 가장 바쁜 아이'라는 별칭은 약간의 특권 의식을 자극하는 것이기도 했지만, 등하교에 구애받지 않고 밖에서 무언가 할 일이 있다는 것이 가장 매력적인 게 아니었나 싶다.

내가 다니던 학교는 가톨릭 미션 스쿨이라 학교 안의 직책 중에서 '종교부'라는 것이 있었고, 종교부장이라는 것이 학생회장만큼의 비중이 있었다. 내 성장기에 가톨릭 종교가 미친 영향은 절대적이었는데, 뭔가 나는 신열에 들뜬 듯 종교부장 직책을 맡아 여기저기로 돌아다니며 행사를 기획하고 참여하고 기도하고 그런 일들에 열정적이었다. 1980년 5월의 광주항쟁이 지나고 군사정권에의 저항 근거지였던 명동성당과 교구 소속의 여고에 다니던 시절, 그곳에서 종교부를 맡고 있었던 나는 신부님을 통해서 정치 현실의 이면을 들여다보게 되었다. 소박했지만 우리가 살아내고 있었던 80년대의 정치적 환경에 귀를 열고 그 폭력성에 울분에 찬 고등학교 시절을 보내게 되었다. 비로소 내가 아닌 공동체의 삶에 관심을 가지게 되었다고나 할까. 성당과 주변에서 하루가 멀다 하고 벌어지던 집회와 외침을 몸소 겪어내며 시국을 위해 기도하는 고등학생으로

명동성당

살기를 마다하지 않았다.

고등학교를 졸업하고 대학을 들어가며 명동은 일상에서 외출의 공간으로 변해갔다. 쪽지에 적힌 내 신청곡을 틀어주는 DJ의 관심을 기대하며 음악다방을 드나들었고, 주말의 성당 미사도 빼먹기 일쑤, 발 디딜 틈조차 없는 성탄절에 밤을 새우는 공간 정도의 의미로 바뀌어갔다. 대학생으로서 명동 이외의 장소에서 또 다른 스토리들을 만들어내다 보니 자연히 그럴 수밖에 없는 것이었다.

그러나 명동은 내게 여전히 고향 같은 곳, 벽이 둘러쳐 있지 않은 큰 집 같은 곳이었다. 대학에서 시위에 참여했다 최루탄 때문에 짓무른 얼굴로 군인들을 피해 명동으로 숨어 들었던 날의 기억이 있다. 시위를 할 수밖에 없는 시국에도 명동에 들어서면 안온한 평화가 찾아왔다.

젊은 날의 초상이란 생래적으로 슬픈 것인지 종종 술에 취했고, 그럴 때 중앙극장 뒷골목을 걸어다니곤 했는데, 한번은 그대로 잠이 들었고 새벽에 깨어난 일도 있었다. 길바닥에서 깨어났을 때 생전 처음 경험하는 놀라움과 두려움에 기가 막혔는데, 어쩌다 길바닥에서 잠든 취객 신세가 됐나 자괴감이 몰려오기 시작했다. 그러나 그 골목은 얼마 지나지 않아 매우 편안한 얼굴로 '잘 잤니?' 하며 인사를 걸어왔다. 최소한 6년을 넘게 하루에 두 번 이상은 걸어다녔던 곳이었으니 안방으로 착각을 한 것인가. 무사했으니 다행이지, 아니었으면 명동은 지금 내게 악몽이 드리워진 침실이 되지는 않았겠는가.

그러나 이런 걱정과 후회의 순간도 그때였을 뿐 나는 그 후로도 오랫동안 그 골목을 술에 취해 드나들곤 했다. 힘들면 언제든지 오라고 명동은 늘 따뜻한 품을 내어주곤 했으니 말이다.

이 글을 쓰면서 미대에 다니는 큰딸아이의 전화를 받았다.

"엄마, 나 명동에 왔는데, 엄마 다니던 학교가 여기 빨간 벽돌 건물 맞아?"

"명동? 거기까지 왜 갔니?"

"그냥 엄마 생각 나서."

나는 순간 딸아이에게 무슨 말을 해야 할까 망설여졌다. 혹시 이 아이가 괴로운 일이 있나? 명동엔 왜 갔을까?

"교수님이 야외 스케치 하고 오라 해서."

"거기서 스케치를 한다고?"

뭔가 더듬거리고 있는 자신을 느꼈다. 그 아이의 스케치에 내 청춘의 초상이 그려지는 것은 아닐지. 나는 이내 얼버무리고 말았다.

"많이 변해서 나도 잘 몰라. 학교도 옮겼고……."

아이의 스케치는 실상과 상상의 조합이었다. 이미 내 시대는 지나고 세대를 옮겨 앉은 아이의 명동은 상상의 스토리만이 존재할 뿐이다. 세월이 많이 흘렀다. 누군가 내게 고향이 어디냐고 물으면 아직도 그곳은 '명동'이다.

이 땅에 태어나 나로 살아간다는 것에 대하여
― 시애틀의 기억

대학의 교원에게 해외 연구년 제도가 있다. 이 제도에 선발되어 미국 워싱턴대학교 방문교수 자격으로 시애틀에서 생활하던 시절이 있었다. 두 딸아이와 함께했던 그 시절의 얘기는 지리적 조건이 인간의 삶에 얼마나 큰 영향을 미치는가에 대한 깨달음으로 자리하고 있다.

시애틀은 내가 여행이 아니라 거주를 해보겠다고 시도한 첫 해외 나들이였다. 그곳은 한국에서 가족과 함께 10년에 가까운 전원생활 후에 바로 이어진 거주지였기 때문에 두려움도 컸고 설렘도 있었다. 해외 생활은 여행할 때와 거주할 때가 확연히 달랐다. 살아가는 데 필요한 각종의 기반들을 스스로 찾고

준비해야 했는데, 초라한 영어 실력에 물정도 어두워 정말 초
긴장 상태로 시작을 해야 했다. 아이들을 학교에 입학시키기
위해 지역의 교육청을 방문해 직원들과 대화를 했던 때의 그
긴장감은 지금도 잊혀지질 않는다. 인터넷 설치 과정이나 운
전면허 시험, 주택의 각종 계약 서류, 아이들의 방과 후 활동
조정 등, 한국에서 이름만 가지고 있으면 자동으로 해결되던
것들 모두를 흡사 시험장에 들어간 학생의 심정으로 치러내야
했다.

　이 모든 어려움으로 내내 흘리던 진땀이 가셔지기 시작한
것은 시애틀의 풍경이 눈에 들어오기 시작한 어느 날이었다.
그것은 무릇 환상이었다. 내가 정착한 곳은 워싱턴 호수 가운
데 자리한 머서 아일랜드라는 곳으로, 이곳은 시애틀에서 부
촌으로 꼽히며, 한국인들이 잠시 머물기 위해 즐겨 선택하는
곳이었다. 호수와 숲과 사람과 문명이 조화를 이루는 아주 쾌
적한 환경을 자랑하고 있었고 지역 커뮤니티와 교육 환경이
잘 형성돼 있기도 했다. 유람선을 타고 호수를 돌다 보면 건
너편 어딘가에 빌 게이츠의 저택이 보였고, 이런 풍경들은 익

시애틀 스페이스 니들

그림 : 이다빈, 2022

히 들어 알고 있는 미국의 치안에 대한 걱정을 깨끗하게 날려 보낼 수 있게도 했다. 그곳에 머물렀던 사계절 내내 맑은 공기는 물론 한국의 극한 더위와 추위에 비하면 쾌적하달 수 있는 기온 환경이 틈만 나면 자연을 찾아 소요(逍遙)하고 싶은 마음이 들게 했다. 3시간 정도 차로 달리면 북쪽으로는 국경을 넘어 캐나다로 여행이 가능했는데, 간소한 입국 절차만 통과하면 남의 나라를 들어갈 수 있다는 것이 또한 신기한 경험이었다.

시애틀은 환경뿐만 아니라 상업의 기운이 굉장히 강한 곳이었다. 스타벅스, 마이크로소프트, 코스트코, 보잉 등이 그곳에 기원을 두고 있고, 현재 본사가 자리하고 있기도 하다. 유수한 기업들이 이곳에서 발흥할 수 있었던 것은 멋진 환경과 머리가 좋은 인간들이 성공적으로 만난 것이 아닐까 생각해보기도 했다.

어딘가 낯선 곳에서 생활을 해본다는 것은 단순한 경험을 넘어선다. 내게 시애틀살이가 그랬고, 그것은 단순한 이국적 동경에서 공간과 인간의 함수관계에 대한 인식으로 들어간 것이라고 말할 수 있겠다. 삶의 차이는 나와 다른 인간, 그들이 경험한 그들만의 역사, 그것 이상도 이하도 아닌 지점에 내 사고는 머물러 있었다. 그러나 역사를 만들어온 주체가 인간이라면 인간이 역사를 만드는 데 가장 큰 영향은 그들이 처한 지리적 환경 때문이라는 깨달음에 그야말로 무릎을 치는 시간들이 있었던 것이다. 인간의 사고라는 것은 공간의 특성과는 무관하게 범지구적인 가치에 기반한다는 것에 일고의 의심도 없던 차였다. 그런 생각들로 한국 현대사에 접맥된 미국의 이미지는 긍정적일 수만은 없었고, 치안이 늘 불안한 선진국, 자본주의의 명암이 공존하는 나라, 클래식함보다는 모던한 기반이 중심인 나라 등의 이미지로 포장돼 있었다.

우리와는 비교가 안 되게 그곳은 넓었다. 그 넓은 땅에 인구 밀집도가 떨어지다 보니 인간과 인간이 모여들면서 벌어지는 생존의 다툼을 찾아볼 수가 없다. 공원의 벤치는 늘 비어 있고, 물건을 사기 위해 줄을 서는 일도 거의 없다. 러시아워에도 먼저 달리기 위하여 앞지르기를 하는 차는 내 차일 뿐이고, 그래서 도로에서 경적 소리를 거의 들을 수 없다. 주차장에 차량 한

대에 배당된 넓이는 우리의 1.5배는 돼 보여서 '문콕'으로 인한 스트레스도 없다. 자리가 없어서 카페를 돌아나오는 일을 한 번도 경험한 적이 없고, 자리가 있어도 그 자리를 차지하기 위해 경쟁할 일은 더욱이 없는 일이다. 그들의 삶이 보여주는 이러한 여유로움은 그들의 인성이 우리보다 특별해서가 아니라 일단 땅이 넓기 때문에 그로부터 모든 기질과 패턴이 자리매김되었던 것이다.

　서양식 문화의 단점으로 꼽히는 '이기적'이라는 문제도 여기서 재고되는 느낌이었다. 가족이라는 단위를 넘어서 타인의 영역에 다가가야 할 이유가 그들에겐 별로 없다. 그 이유는 믿기 어렵겠지만 단지 넓은 땅에 살기 때문이고, 그 속에서 형성되어온 미국식의 문화는 타인을 의식하거나 경쟁하고 살지 않아도 자족할 수 있는 환경이 있기 때문이다. 그래서 또한 그들은 평균적인 삶을 구가하지도 않고 각자 개성을 찾아 자기 방식대로 살기를 원한다. 타인과 공유되지 않는 단독의 삶은 그들에게 자기 방어적인 수단들을 만들어내었고, 늘 문제시되는 총기 소지가 그러한 것들이다. 도시에서 멀리 있는 대륙의 어느 외진 지역들에서는 공권력을 믿지 않는 사람들이 군대에 버금가는 무기도 소지하고 있다고 한다. 이러한 차이들이 지리적 환경이 삶의 양식을 만들어낸다는 소박한 진실을 깨닫게 되는 대목이고, 특정한 땅, 그것도 넓은 땅에 태어나면 자신의 의지와는 상관없이 다양성에서 출발하여 다양한 인생을 살아갈 수밖에 없는 것이다.

미국에서 돌아와 아이들은 한국의 입시 지옥에서 힘든 시간을 보내야 했는데, 이것도 역시 작은 땅에서 많은 인구가 소수의 자리를 찾아서 경쟁을 하기 때문이 아닌가. 좋은 대학을 가고 싶은 자들은 입시를 강하게 치러내야 하지만 굳이 대학을 가지 않고도 지역사회에서 나름대로 몫을 다할 수 있고, 그러한 삶은 할아버지의 할아버지 세대로부터 반복된 삶의 양식이기 때문에 나도 그렇고 내 다음 세대들도 그렇게 자족하며 살아가는 형태가 넓은 땅을 가진 나라들의 인생이 아닌가.

땅이 기회를 만드는 엄연한 현실 앞에서 한반도를 벗어날 수

없는 오늘의 나와 우리들, 그래도 유유자적하며 살아갈 길은
무엇일까 거듭 사유하게 되는 순간이다.

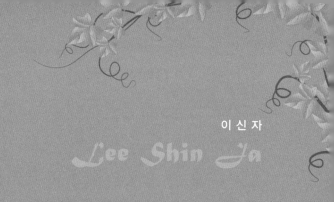

이 신 자
Lee Shin Ja

내 고향 연희동
강남 한복판

이신자

서울 연희동에서 태어났다. 가천대학교
대학원에서 국어교육학을 전공하였고 현
재 초등학교에서 논술과 글쓰기를 가르치
고 있다. 2012년 계간지 『서시』에 소설을
발표하였다.

내 고향
연희동

홍남교(弘南橋)에서 엄마를 기다리는 시간은 지루했다. 그렇다고 오지 않는 엄마를 찾아 모래내시장까지 갈 수는 없는 일이었다. 서로 길이 어긋나면 엄마 홀로 장 본 짐을 이고 지고 들고 와야 하기 때문이었다. 기다리기 지루해진 나는 홍남교 한가운데의 난간에 손을 짚고 깨금발을 들어 다리 아래의 개천을 내려다보았다. 홍제천의 군청색 물살은 지는 해가 사라지며 떨군 은빛 영롱 구슬을 한껏 받았지만, 그 구슬을 낼름 집어 삼키고 좀체 내어놓지 않았다. 저학년 때만 해도 홍제천은 멱을 감고 물장구도 치며 놀 수 있을 정도로 맑았다. 인근의 아이들에게 퍼펙트한 수영장이었던 그곳은 몇 년 사이 급격하게 변질

되어 발조차 담글 수 없을 정도의 시궁창으로 전락하였다. 나는 콧속으로 스멀스멀 올라오는 고약한 냄새에 코를 찡그리다가 난간에서 손을 떼고 돌아섰다.

무연히, 다리를 지나는 자동차들만 한참 쳐다보았다. 날은 금세 어둑해졌지만 엄마의 모습은 좀체 보이지 않았다. 한참 후, 멀찍이서 탐탐한 어둠을 뚫고 엄마의 모습이 드러났다. 장 본 물건을 머리에 이고 양손에 짐꾸러미를 든 엄마는 어두워도 내 눈에 선명했다. 엄마들은 재주가 비상했다. 머리에 짐을 얹고 수 킬로미터를 걸어가도 절대 떨구지 않았다. 심지어 일부 할머니들은 둥그런 양동이를 머리에 이고 양손은 뒷짐진 채 걸어다니는 신공을 발휘했다. 단지, 걸어가는 중간중간 머리 위의 짐에 수평을 맞춰주기만 하면 한 시간, 두 시간을 걸어도 너끈해 보였다. 짐과 머리 사이에 본드를 바른 것처럼, 엄마들과 머리 위의 짐은 혼연일체가 되어 자연스러웠고 몸놀림도 거리낌이 없었다. 묘기였다. 그 신묘함은 텔레비전에서 한창 인기리에 방영되고 있는 〈묘기 대행진〉에서 펼쳐지는 각종 묘기가 무색해질 정도였다.

나는 얼른, 뛰어가 엄마의 손에 들린 자루 꾸러미 하나를 낚
아챘다. 이고 지고 양손에 자루 하나씩을 들고 가다가 내게 꾸
러미 하나를 건넸을 뿐인데도 엄마의 몸놀림은 한결 가벼워 보
였다. 반면, 어린 내게 자루 꾸러미는 만만치 않은 무게였다.
가야 할 길은 멀었지만 엄마의 짐을 덜어주었다는 뿌듯함과 집
에 가서 짐꾸러미를 펼쳐볼 심산에 발걸음은 가벼웠다. 나는
엄마처럼 자루 꾸러미를 머리에 이는 대신 어깨에 짊어지고 엄
마의 발걸음에 맞추어 걸었다. 한가위가 임박한 만월은 해산을
앞둔 임산부의 배처럼 둥글고 옹골찼다. 둥근달은 귀가하는 모
녀의 길동무가 되어주었다.

"엄마, 달이 꼭 십 원짜리 같이 생겼어…… 우릴 계속 계속
따라와!"

들뜬 나의 목소리에 비하여, 머리에 짐을 인 엄마는 눈만 올
려 하늘을 일별하곤 싱긋, 미소 지을 뿐이었다. 모든 것이 신기
한 어린 나에 비하여 어른들의 반응은 항상 그닥, 이었다.

국민학교 5학년의 나는 서울 서대문구 연희동의 낡은 단층

주택에 살고 있었다. 태어날 때부터 살았던 그 집은 조만간 철거된 후 아파트가 들어설 예정이었고 아파트가 지어질 동안 우리 가족은 근처 홍연시장 곁에 임시로 집을 얻어 살기로 했다.

나는 곧 철거될 운명에 처한 우리 집을 새삼 찬찬히 훑어보았다. 내가 태어났던 안방의 아랫목, 안방 창문으로 보이는 뒤뜰의 뒷간, 뒤뜰에 방치된 지 오랜 빈 닭장과 토끼장, 한때 세를 주었던 뒤뜰의 별채, 연탄 아궁이가 있는 부뚜막, 한쪽에 연탄을 쌓아놓아 시커멓게 검은 얼룩이 새겨진 부엌 벽, 사계절 시원한 물을 콸콸 뿜어내는 세수간의 펌프, 별도로 부엌이 딸려 있어 주로 세를 주는 용도로 활용되었던 작은방까지 꼼꼼하게 둘러보았다. 비록 담장은 허물어져가고 해마다 손상된 기와를 솎아내고 새로 얹어 다행히 비를 그을 수 있었던 낡은 벽돌집이었지만 나는 그곳에서 태어나 유년기를 보냈고 12년을 살았다. 나는 새삼 내가 살았던 낡고 초라한 그 집이 아쉽고 애틋해졌다.

엄마의 장바구니에선 모래내시장에서 사 온 물건들이 엮은 굴비 두름 풀어지듯 끊임없이 이어졌다. 여덟 식구의 배 속을

채워주어야 했던 엄마의 장바구니는 늘, 화수분이었다. 사각어
묵, 사과, 배, 감자, 양파, 대파, 조기, 생닭, 꽈배기 도너츠, 두
부 등등……

"야, 덴뿌라다!"

어린 삼남매의 손은 사각어묵에 가장 먼저 갔다. 사각어묵을
하나씩 움켜쥐고 이로 뜯어 먹었다. 나는 혀로 느껴지는 싸구
려 기름의 느끼함과 다소 식어서 올라오는 비린 맛을 미처 감
지할 새도 없이 다투어 어묵을 입속으로 집어 넣고 삼켰다. 입
이 짧은 체질이었만 오남매의 막내였던 나는 무엇이든 빨리 먹
어야 내 몫을 차지할 수 있다는 진리를 진작 깨달았기 때문이
었다.

큰집인 우리 집은 추석을 맞아 몰려든 친척들로 북적였다.
명절을 핑계로 큰집 텔레비전을 맘껏 볼 기대감에 부풀어 있
던 사촌 형제들은 갑자기 몰려든 친척 어른들로 인해 안방에
서 밀려나 건넌방으로 건넌방에서 세수간으로 세수간에서 문
밖으로 밀려나 버렸다. 명절 특집으로 방영하는 〈태권브이〉와

〈마루치 아라치〉를 볼 기대에 차 있던 친척 동생들은 모처럼의 기회가 박탈당한 것에 울상을 지으며 투덜댔다. 반면, 나는 친척 어른들께 얻은 용돈으로 종이인형을 살 기대에 마음이 부풀었다.

구멍가게에서는 군복을 개조해서 만든 낡은 전대를 허리에 두른 아줌마가 졸고 있었다. 명절임에도 가게 문을 열고 한적한 틈에 졸고 있는 아주머니의 모습이 초라하고 궁색해 보였다. 아주머니는 졸고 있는 틈에도 전대 주머니에 손을 넣어 동전을 만지고 있었다. 아주머니의 전대에선 화수분처럼 돈이 넘쳤다. 때문에 저학년 때 나는 구멍가게를 운영하는 것이 장래 희망이기도 했다. 제법 협소한 구멍가게였지만 내가 좋아하는 종이인형과 과자가 많이 있었고 전대에 항상 짤랑거리는 돈이 가득 찬 것으로 보아 구멍가게를 운영하게 되면 분명 삶의 만족도가 높을 것으로 여겼기 때문이었다. 나는 가게에서 종이인형을 샀고 사촌 동생들은 쫀드기를 샀다.

달콤한 쫀드기를 입에 넣고 오물거리면서도 사촌 동생들은 추석 특집으로 방영되는 만화영화를 보지 못한 것에 여전히 불만이었지만 나는 그닥 아쉽지 않았다. 사실, 동네에는 텔레비전이 있는 집이 별로 없었지만, 우리 집에는 텔레비전이 있었다. 심지어 우리 집에는 전화기도 있었는데 아버지는 그 전화를 개통하기 위해 거액의 보증금까지 전화국에 지불해야 했다. 텔레비전과 전화기를 갖추고 있는 우리 집이었지만, 부자와는 거리가 있었다. 때때로 쌀을 아끼기 위해 수제비를 쑤어 먹었고 오염된 지하수를 먹지 않기 위해 동네 인근에서 수돗물을 길어 먹었던 우리 집이 전화기를 비치했던 것은 순전히 아버지의 사업 때문이었다. 막 조경업을 시작했던 아버지는 신촌이나 서교동의 다방에 나가 커피를 시켜놓고 종일 다방으로 걸려오는 사업 관련 전화를 기다리는 것이 비효율적이라고 판단을 내리셨는지 거액의 보증금을 투자하여 전화기를 비치했다. 때문에 본의 아니게 우리 집은 텔레비전을 보러 온 동네 사람들로 인해 동네의 사랑방이 되기도 했고 어린 나는 이웃의 전화 교환수 역할을 하느라 동분서주 뛰어다니곤 했다. 그로 인해 다소의 부작용이 발생되었는데 전화요금이 비쌌던 시절이라 최대한 빠른 시간 안에 전화를 바꿔주기 위해 뛰다가 넘어져 내

무릎은 성할 날이 없었고 인근에 사는 사촌형제들은 해 지는 줄 모르고 우리 집에서 텔레비전을 보다가 작은엄마의 맵짠 손에 등짝을 맞고 끌려가는 일이 부지기수였다.

만화영화 〈태권브이〉를 포기한 우리들은 차선책으로 홍제천의 연날리기 구경을 선택했다. 사실 연날리기는 설 명절 특별 행사였지만 우리 동네에는 전통 연 보유자인 연할아버지가 살고 있어 명절이면 홍제천에서 펼쳐지는 연날리기 행사를 구경할 수 있었다. 연할아버지는 텔레비전 프로그램인 〈장수만세〉에도 출연했는데 평소 동네에서 마주치던 이웃 가족들을 방송으로 보니 정말 신기했다. 연할아버지의 방패연은 동네 꼬마들의 조악한 꼬리연과는 비교가 되지 않을 정도로 품위 있고 멋졌다. 하지만, 빛 좋은 날의 한가위 바람은 연의 귀천을 가리지 않고 모든 연을 높이 높이 떠올려주었다. 바람에 몸을 맡긴 꼬리연과 방패연은 사이 좋은 동무처럼 몸을 나란히 한 채 놀고 있었다. 높고 푸른 한가위 하늘을 배경으로 연들은 공중에서 춤을 추었다. 홍제천의 명절 풍경에 마음이 들떠서인지 평소 올라오던 개천의 시궁창 냄새는 그날 따라 내 코를 괴롭히지 않았다. 그날의 홍제천 풍경은 〈태권브이〉를 포기한 어린 내 마음에 오래도록 머물렀다.

배꼽친구를 만나러 연희동에 갔다. 30여 년 만에 가는 연희동이었다. 불원천리 먼 이국도 아니건만, 연희동에 갈 기회를 잡는다는 것은 쉽지 않았다. 친구는 아직도 그곳에 살고 있었다. 친구를 만나는 장소가 어디든 상관 없지만 굳이 연희동으로 갔던 것은 고향을 방문하기 위해서였다. 오래전 내가 태어났던 집은 철거되었고 5층짜리 아파트 단지가 형성되었지만 그 단지도 재건축을 해서 지금은 고층 아파트 단지가 되어 있었다. 30년 세월이 흘러 강산이 세 번이나 바뀌었으니 사람 사는 주택과 토지가 뒤집힌 것은 당연한 일이었다.

내가 살던 벽돌집이 철거되고 지어진 5층짜리 아파트에서 3년을 살고 우리 가족은 타지로 이전했다. 부모님을 따라 연희동을 떠나며 언젠가 어른이 되면 다시 와 살겠다고 다짐했지만 30년이 지나도록 나에게 한 약속을 지키지 못했다. 지키지 못

홍제천

했을 뿐만 아니라 30년 동안 방문조차 하지 못했다. 완전히 잊은 듯 살았던 연희동을 갑작스럽게 가려고 했던 것은 오랫동안 내 마음속에 넣어두었던 숙제를 하기 위함이었다. 다시 와서 삶의 터전을 닦겠다고 어린 나에게 했던 약속은 비록 지키진 못했지만 해묵은 과제 대신 마음에 품었던 풍경들을 다시 감상하는 것만으로도 묵은 소회를 조금이라도 해소할 수 있을 것 같아서였다.

　나의 고향 방문은 가좌역부터 시작된다. 엄마 등에 업힌 갓난이 적부터 다녔던 모래내시장부터 내가 태어나 자랐던 집터와 친구가 30년 넘게 살고 있는 5층짜리 아파트까지가 고향 방문 일정이었다. 난전과 상점이 즐비했던 모래내시장은 축소에 축소를 거듭한 끝에 명맥만 겨우 유지하고 있었다. 그 넓었던 공터에는 아파트 단지가 들어섰고 지금도 한창 공사 중이었다. 끊임없는 수요를 충실하게 충족시키기 위한 도시의 발빠른 변모라고 볼 수 있었다. 시장 간 엄마를 기다리던 장소였던 홍제교는 여전히 존치했지만 몇 번의 보수를 거친 흔적이 역력했다. 역했던 홍제천의 구정물은 조금은 맑은 물로 변모하여 자태를 보존하고 있었다. 홍제천을 만나니 비로소 고향에 당도했다는 느낌이 들었다. 아이들의 등굣길을 책임졌던 징검다리와 키 작은 다리는 흔적조차 남아 있지 않고 튼실하고 견고한 교각이 설치되어 있었다. 동네 앞산도 그대로였다. 어릴 때는 높고 험해 보였던 동네 앞산이 작고 초라한 동산으로 보이는 내 눈만 달라졌을 뿐 앞산은 그대로였다.

친구의 신혼집이었던 낡은 다세대 주택은 진작에 무너지고 빌라가 들어섰고 자주 이용했던 쇼핑센터는 없어지고 낯선 건물이 올라가 있었다. 초등 동창생인 친구는 옛 추억을 더듬는 나를 위해 열심히 안내를 해주었다.

옆에서 떠드는 친구의 목소리 볼륨이 서서히 줄어들면서 내 머릿속에서는 장면, 장면이 새록새록 떠오른다. 우리 집이 있던 자리, 사촌 동생이 태어났던 언덕배기의 작은집, 냄새를 풍기던 공중변소, 엄마와 옷을 사러 갔던 홍연시장, 반에서 1등을 도맡아 했고 그 큰 머리로 박치기도 잘했던 남자 동창의 집, 요절했던 동네 언니가 살았던 앞집, 사춘기 소녀들의 허기와

낭만을 채워주었던 빵집, 손만두가 맛있었던 분식집, 예쁜 큰
언니의 보디가드가 되기 위해 작은오빠와 함께 매일 저녁 마중
나갔던 버스정류장, 누렁이와 뛰어놀았던 동네 공터, 친구와
등하교 시 건너 다녔던 징검다리…… 천지개벽은 했지만 내 머
릿속에 고향의 풍경이 그대로 보존되었다는 것은 놀라운 일이
었다. 내 머릿속의 해묵은 기억들은 기지개를 켜며 천천히 몸
집을 부풀리고 있었다.

　모래내시장부터 걸어 홍제시장터까지 도착한 우리는 길을
잃은 아이처럼 주변을 두리번거리며 궁싯거렸다. 국민학교 5
학년이었던 우리가 순식간에 40여 년의 세월을 뛰어넘어 중년
여인이 되어버린 것처럼 당황스러웠고 모든 것은 낯설었다. 초
등학교 5학년의 짝꿍이었던 친구를 만날 때마다 초등학교 5학
년의 시절로 돌아갔던 우리가 옛 풍경이 떠오른 그 장소에서
서로의 눈가와 이마에 그어진 세월의 흔적을 새삼 발견하고 당
혹스러워진 것은 한참을 궁싯거리며 헤맨 후였다.

　40년 전의 어린이는 중년이 되어 같은 자리에 왔는데 같은
자리는 전혀 늙지 않고 오히려 새록새록 젊어지고 있다는 사실

에 질투가 일고 약이 올랐다. 내 기억 속의 고향은 흔적도 없이 사라진 퇴물이 되었고 내 눈앞의 고향은 날로 달라지고 다듬어진 젊은이가 되어가고 있던 것이다. 나는 홀로 퇴보한 것만 같아 다소 억울했지만 그 감정은 잠시일 뿐이었다. 여전히 변모되지 않고 아니면 나처럼의 속도는 아니지만 조금씩 티 안 나게 늙어가고 있는 것을 비로소 발견했기 때문이었다. 어쩌면, 그것은 억지로 내 마음의 테두리에 끼워 맞춘 낡은 액자일지도 몰랐다. 어쨌든 상관없었다.

솔잎과 아카시아 꽃을 따러 올랐던 동네 야산, 아버지를 따라 약수를 뜨러 다녔던 백련산, 아이들에게 퍼펙트한 물놀이장이었던 홍제천, 백련산 자락에 있는 초등학교, 50년째 고향에 살고 있는 동창 친구, 그 친구와의 오랜 우정. 앞산에 핀 아카시아가 지고 다음 해 여름 어김없이 싱그런 향기를 풍기며 찾아오듯 자연의 순리는 변하지 않았지만 그 역시 나처럼은 아니지만 조금씩 느리게 늙어가고 있었던 것이다. 나는 비로소 30년 만에 방문한 고향에서 만난 것은 40년 된 친구만이 아니라는 것을 느낄 수 있었다. 그들은 비록 멀리 떨어져 있었지만 제

자리에서 나처럼 세월을 낚아가고 있었던 것이다.

나는 내 고향 연희동에 서서 변하지 않는 그것들에 비로소 재회 인사를 건넸다. 또한 내 마음속에 오랫동안 머물러 있는 그 시절의 어린 나에게도 친절하게 인사해주었다. 물론, 그 시절의 어린 내 모습이 빛났고 행복했던 것만은 아니었지만, 뿐만 아니라 그 상황을 이제 되찾을 수 없다는 것을 충분하게 알 수 있는 나이가 되었지만 연희동을 생각하면 항상 떠오르는 아련한 장면이 있다. 물통을 들고 이른 아침 백련산을 함께 올랐던 젊은 아버지가 내 마음속에 그대로 살아 있고 어린 오남매의 배 속을 채워주기 위해 무겁게 장 본 짐을 머리에 이고 오던 홍제교에서 본 엄마의 모습과 어릴 적 오남매가 옹기종기 모여 함께 놀았던 벽돌집 뒤뜰이 내 마음속 깊은 곳에 아직 존치해 있다는 사실만으로도 연희동은 언제나 추억을 불러일으키고 돌아가고 싶게 하는 곳이라는 것은 분명하다.

강남
한복판

그 남자와 역삼역의 카페를 나온 것은 세 시가 넘어서였다. 우리는 그날 처음 만난 사이였고 비교적 한산한 카페의 구석진 자리에서 한 시간 동안 대화를 나눈 후였다. 대화의 내용은 딱히 기억나진 않지만 소개팅에서 단골로 거론되는 상대방의 취미나 좋아하는 음식 등등을 묻는 식상한 대화는 분명 아니었다. 그렇다고 거창한 주제로 토론을 이어갔던 것도 아니었고 별 시답잖은 일상 얘기가 대화의 주였지만 어느새 한 시간이나 지났다는 것을 카페를 나서면서 깨닫게 되었던 것을 보면 그와의 만남이 지루했던 것만이 아닌 것은 분명했다. 남자는 아직 사십이 되지 않은 나이였지만 나이보다 열 살이 더 들어 보였다. 그 열 살이 더 들어 보인다는 평가는 단지 외모에만 국한된 것은 아니었다. 가치관과 말투와 행동거지와 옷차림이 그랬다. 하지만, 나는 개의치 않았다. 어떤 경로로 그를 만났건 어떤 마음으로 그 자리에 나왔건 나는 그 시간만큼은 최대한 그에게 집중하고 배려하고 매너를 지키기로 마음먹었기 때문이었다.

그 남자는 강남역 영화관에서 개봉한 지 얼마 안 된, '따끈따끈'한 영화를 보자고 제안했다. 사실 나는 카페를 나서면서 곧바로 집에 가고 싶었지만, 홀로 영화 감상을 해본 적이 없다는 그 남자를 위해 기꺼이 파트너가 되어주기로 했다. 그와는 대화가 잘 통하지도, 그렇다고 잘 안 통하지도 않았다. 우리는 역삼역에서 강남역으로 내려가는 대로변의 보도를 쉼 없이 지껄이며 걸어가고 있었다. 역삼역에서 강남역으로 내려가는 구간은 짧았지만 굴곡이 졌고 경사는 제법 가팔랐다. 자연스럽게 남자의 걸음은 빨라졌다. 남자의 발에는 구두가 신겨 있었지만 걸음은 편안해 보였다. 반면 오랜만에 입은 스커트에 구색을 맞추기 위해 착용한 샌들은 내 발걸음을 구속하고 속박했다. 남자의 수다에 응수하며 보폭을 맞추고 있었지만 샌들을 착용

강남

한 내 발은 물밑의 백조 다리처럼 필사적으로 움직일 수밖에 없었다.

샌들은 오래잖아 문제를 일으키고 말았다. 오랜 시간 신발장 속에서 장식용으로서의 역할만 했던 샌들이 사달이 난 것은 이미 예견된 일이었을지도 모를 일이었다. 고군분투를 한 보람도 없이 가파른 언덕길을 잘 버티던 샌들의 한쪽 굽이 뚝, 부러져 버린 것은 강남역에 다 도달해서였다. 난생처음 만난 남자 앞에서 난생처음 신발 굽을 부러뜨린 일은 복합적인 감정을 불러일으켰다. 그것은 낭패와 당혹감과 창피함 이상이었다. 나는 한쪽 다리를 절뚝이며 어쩔 줄 몰라 했고 그는 부러진 내 샌들을 잡고 어떡하든 신발 굽을 맞춰보려 애썼다.

"완전히 부러져버렸는데요……."

그 남자 역시 이런 일은 처음인 듯했다. 당황한 빛은 그의 이마에서 막 솟아나는 구슬땀으로 확인할 수 있었다. 강남 한복판에서 여자의 한쪽 신발을 들고 있는 그의 모습과 삐딱하게 몸을 기울이고 서 있는 내 모습은 지나치는 사람들의 눈길을 끌었다. 적이 당황스럽고 창피했지만 남자의 이마에서 솟아 오르는 식은땀에 곧 정신을 차렸고 나머지 한쪽 신발을 벗어서 마저 부러뜨리기 위해 힘을 주었다.

"한쪽 굽까지 부러뜨리면 균형이 맞아서 집까지 갈 수는 있을 것 같아요⋯⋯."

나는 어색한 미소를 띠고 말을 했다. 나도 모르게 나온 말이었지만 내심 좋은 발상이라고 감탄까지 하고 있었다. 반면, 나의 도발적이고 돌발적인 발언과 면모가 뜻밖이었는지 남자의 이마에 맺혀 있던 식은땀은 그의 관자놀이를 타고 흘러내렸다. 때이른 여름 날씨였지만 우리는 순간, 한여름의 더위와 같은 후끈한 기운에 땀이 솟아오르는 것을 느끼며 서로 어색한 침묵만 한동안 날렸다.

"그럴 게 아니라, 저쪽에 앉아서 조금 기다리죠⋯⋯. 이 근처 구두 수선집에 가서 신발을 고쳐 올게요."

그럴 것까지 없다고 해도 남자는 나를 길가 한쪽에 앉혀두고 신발 한 짝을 들고 인파 속으로 사라졌다. 그가 사라진 30분 남짓 동안 나는 쉴새 없이 움직이는 차들과 유유히 활보하는 젊은 인파들을 무연히 쳐다보았다. 내 눈은 자연스럽게 사람들의 신

발로 향했는데, 생각보다 다양한 종류와 특이한 모양의 신발들
이 많다는 사실을 새삼 깨닫게 되었다. 한참 동안 그 남자는 무
수한 인파 속에서 좀체 나타나지 않았다. 순간 나는, 소개팅이
고 영화 관람이고 뭐고 다 때려치우고 아무 차나 집어타고 집으
로 돌아가고만 싶었다. 하지만 내 발에는 신발 한 짝만이 신겨
있을 뿐이었다. 나는 신발 한 짝만을 착용한 채 집에 가는 상상
을 해보기도 하고 이리저리 이 난감한 상황을 벗어날 궁리도 해
보았지만, 맨정신으로는 아무것도 시도할 수 없을 만큼 난해하
고 난감한 발상만 떠올랐을 뿐이었다. 고작 신발 한 짝의 굽이
부러졌을 뿐인데 나는 마치 한순간에 전 재산을 날려버린 노숙
자처럼, 또는 지갑을 소매치기 당한 무일푼처럼 발이 묶여버린
채 강남 한복판에서 오도 가도 못 하고 있었던 것이다.

　사라진 지 30분 남짓 지나 남자는 인파 속에서 모습을 드러
냈다. 지극히 평범한 축에 속했던 그의 외양은 기실, 인파 속에
서도 뚜렷하게 구분되지 않았다. 그가 내 곁에 다가오고 나서
야 비로소 한 시간 전 처음 만난 남자였고 그와 걷다가 난생처
음으로 신발 굽을 부러뜨렸고 그의 손에 부러진 내 굽을 맡기

면서 몇 분 동안의 내 명운을 걸게 되었다는 사실이 확인되었
다. 남자의 오른손에는 부러진 샌들 대신 낯선 쇼핑백이 들려
있었다.

"신발은 고치지 못했어요……. 구두 수선집은 도무지 찾을
수 없었고 대신 지하상가에 신발집이 있어서……."

쇼핑백을 내미는 그의 표정은 다소 수줍었고 그 수줍음이 봉
투를 내미는 손까지 전달되었다. 나 역시 수줍은 표정과 마음
으로 그가 내민 쇼핑백 속의 신발을 꺼내 신어보았다. 빨간 원
색이 내 취향은 아니었지만, 그 마음이 고마우면서도 부담스러
웠다.

"신발 값은 드릴게요. 얼마……."

"안 주셔도 돼요. 보기로 한 영화나 보러 가죠."

신발 값을 주겠다고 한 나나, 사준 물건의 값을 쳐서 보상하
겠다는 상대에게 거절을 하는 그나 서로 어색하고 난감하기
는 마찬가지였다. 나는 신발 값 대신 영화 관람료를 지불하기
로 마음먹었지만 영화 관람료는 그가 먼저 내버렸고 영화를 관
람하고 나서 식사를 내가 사기로 했지만 그가 한사코 거절하며

지불하는 바람에 결국 신발은 그가 사준 격이 되어버렸다.

그날 이후로 우린 다시 만났을까?

모두의 예상과는 달리, 그날을 끝으로 남자와 나는 연락하지 않았다. 그가 사준 신발은 신발장 속에서 몇 년간 고이 모셔져 있다가 완전히 잊었던 기억을 가끔씩 꺼내게 하고 그 신발 빛깔과 같은 애꿎은 홍조만 내 얼굴에 번지게 했다. 나는 난생처음 만난 남자 앞에서 신발 굽을 부러뜨렸던 나의 실수와 칠칠맞음을 탓하는 대신 역삼역에서 강남역으로 내려오는 그 대로변의 가파른 언덕배기를 탓하여 빨간 샌들을 쳐다만 본 다음 다시 신발장에 넣어두기를 몇 해 동안 반복했다.

정 해 성

Jeong Hae Seong

'아직도'인 '자기만의 방'
우리의 '방', '익명의 땅'
대안적 예술 공간, 유토피아 '라움—입실론'

정해성

부산에서 태어났다. 부산대학교 국어국문학과를 졸업하고, 같은 대학원에서 문학박사 학위를 받았다. 『문체 연구 방법의 이론과 실제』 『장치와 치장』 『매혹의 문화, 유혹의 인간』 『감동과 공감』 등의 저서가 있다. 부산대에서 문체교육론, 현대소설론, 문학개론, 문예비평론 등의 과목을 강의했고, 현재 문화평론가로 활동 중이다.

'아직도'인
'자기만의 방'

내가 다닌 고등학교는 부산에서 가장 운동장이 넓은 학교였
다. 강당도 가장 넓은 학교, 상당히 '좋은' 학교였다. 드넓은 운
동장과 강당처럼 우리에게 허용된 것도, 누릴 것도 상대적으로
많은, '앞서가는' 학교였다. 임시 입학식 날 우리는 운동장에서
입학식 때 부를 교가를 배웠다. 조각처럼 키 크고, 잘생긴 음악
선생님께서 단상에 서서, 우리에게 교가를 가르치셨다. 그때나
지금이나 '외모지상주의자'인 난 그 순간부터 고등학교가 마구
좋아지기 시작한 것 같다. 별다른 이유 없어도 무조건 좋을 수
밖에 없는 음악 시간인데, 선생님마저도 저런 비주얼이셔서 우
리 모두는 매주 음악 시간을 손꼽아 기다렸다.

음악 선생님 때문에 인생 전환한 친구도 좀 있다. 그렇다고
난 그들처럼 '빠순이'는 아니었다. 음악 선생님을 좋아하는 친
구들이 너무 많다 보니, 수많은 사람들 중 하나가 되기엔 난 그
때부터 이미 개성이 강한 편이었다. 게다가 수업 시간 피아노
반주를 맡게 되면서, 자연스럽게 선생님이 내 이름을 알게 되
었고, 그때부터 약간의 긴장과 흥미가 사라졌기 때문이기도 했
다. 그럼에도 불구하고 음악 시간은 내게 그 시절 가장 중요한
오아시스였다. 중학교 시절 괴팍한 음악 선생으로 인해 난 음
악 시간을 별로 좋아하지 않았고, 그래서 주로 악보 베끼기, 음
정 등의 수업 내용도 대충만 기억하고 있을 뿐이다. 그러나 고
등학교 때는 음악 시간에 배운 노래들 그리고 수업 내용들을
지금도 소중한 추억으로 잘 기억하고 있다. 한 번은 음악 선생
님께서 수업 시간에 LP판 관리 방법을 설명해주셨다. 대학 때
아르바이트를 해서 턴테이블을 구입한 다음, LP판을 올려서
처음 들을 때의 감동, 그 LP판에 흠집이 간 소리를 들을 때의
아픔 등등을 말씀하실 때였다. 그때부터 선생님과 같은 대학
생활을 보내야겠다는 꿈을 꾸었다.

진정한 '자기만의 방'은 내가 대학생이 되고 난 이후부터 생겼다. 대학생이 되어서 난 음악 선생님께서 말씀하신 것처럼 아르바이트를 했고, 곧바로 남포동의 유명한 오디오 가게로 달려가서 내 방에서 나 혼자만 들을 수 있는, 그때로서는 상당한 가격과 크기의 오디오를 구입했다. 그 이후 난 오디오에 걸맞은 또 다른 꿈들을 꾸었다. '내 방', '나만의 방'이란 공간에 내가 가진 모든 꿈들, 욕망들을 하나하나 실현해갔다. 영화를 집중적으로 보기 위해 비디오와 TV를 구입하고, 색깔을 맞춰서 책꽂이, 책상, 컴퓨터 등을 구입했다.

꿈이 실현된 '자기만의 방', 나의 공간은 내 젊은 날들이 내게 가져다줄 수 있는 감성을 일깨워주었다. 새벽 5시의 고요함을 깨우던 쇼팽 협주곡 1번 2악장과 함께한 20대의 치열함, 루이저 린저의 『생의 한가운데』와 전혜린의 수필에서 읽어냈던 열정과 허무, 창밖에 들리는 겨울 바람소리만큼 스산했던 겨울 나그네의 고독, 유럽 여행에서 돌아온 후 사라져버린 '행복의 충격'으로 상실감에 허우적거렸던 시간들, 수없이 들어서 판이 튀는 소리를 들으면서 수다를 떨었던 친구들…… 난 그 모든 시간들을 지금은 이미 사라지고 없을 그 공간, 내 기억 속에서 만 온전히 존재하고 있는 '자기만의 방'에 고스란히 남겨두고 있다. 청춘의 공간, 청춘의 꿈은 그렇게 소박했다. 생의 허무를 열정적으로 사랑하기를 원했고, 고독하고 외로운 혼들의 벗이 되고 싶었다. 좋은 음악을 들으며 감동을 함께 나누는 것에 마 냥 행복했고, 영화 속에 형상화된 삶의 진실에 감동했다. 아름 다웠고 그래서 애틋했다.

결혼을 하면서 내가 꾸며야 하는 공간은 계속 생겨났다. 이 사와 인테리어는 즐겁게도 내 담당이었고, 이사 때마다 난 나 의 취향과 기호에 따라 아파트 도면 속에 가구들과 인테리어를 그려가면서 새로운 공간에서 살아갈 삶을 설계했다. 공간이 채 워질 때마다, 나는 꿈이 현실로 실현되는 것 같아 무척 경이로 워했다. 세상 살면서 상상이 현실에서 이루어지는 것, 꿈이 현 실로 실현되는 것, 그것도 유보되지 않고 시간차 없이 거의 곧 바로 실현되는 일들은 극히 드물다. 인테리어나 공간을 채우는 일은 그것이 가능하다는 것을 난 처음으로 경험하면서 무척 설레고, 행복했었다. 이런 것이 건축이고 인테리어였다니, 평생 이러고 살았다면 난 얼마나 행복했을까, 전공을 잘못 선택했다는 생각까지 하면서 난 인테리어에 몰두했다.

기성세대가 되어서 가진 공간에 대한 꿈을 과연 꿈이라고 할 수 있을까? 한 공간을 디자인하면서 가졌던 꿈은 내가 20대에 가졌던 공간에 대한 꿈과는 전혀 다른 공간, 다른 꿈이었다. 꿈을 이루려는 '자기만의 공간'을 스스로 만들어냈기보다는, 필요에 의해서 공간을 선택했다. 공간이 있었기에, 그에 걸맞은 뭔가를 채워갔을 뿐이었다. 내 꿈에 의해 공간을 채워갈 무언가가 선택되는 것이 아니라, 욕망이 욕망을, 물건이 물건을 계속 호출하면서 공간을 채워갔다. 채워진 물건들에 의해 내 삶이 끼워맞춰져 갔다. 모델 하우스 같은 공간, 색과 형의 조화를 이룰 수 있는 것들을 그저 계획했다.

라캉의 말은 틀린 적이 없다. 공간은 욕망이었고, 욕망은 환유였고, 주체는 결핍이었다. 화보 같은 삶과 공간을 욕망했을 뿐, 꿈을 꾼 것이 아니었던 것 같다. 새로운 공간에서 최고의 커피를 마셨고, 좋은 영화를 보았고, 음악을 들었고, 피아노를 쳤다. 수다도, 사람들도, 괜찮은 오디오도, 작품도, 학술적 세미나도…… 그야말로 모든 것이 있었건만, 새로운 집에 가면서 이전 가구들 대다수가 사라졌듯이 내 맘속엔 예전처럼 절절한 무엇이 남아 있지 않다. 하나의 집을 떠나보낼 때의 상실감은 전혀 없었고, 바닷가 근처였기에 퇴근길 드라이브하면서 즐겼던 공원과 일몰과 야경의 풍경들, 그리고 음악 감상하기 적절했던 공간들…… 그 여유와 추억들, 대화들이 사라지는 것 같아 그것이 더 아쉬웠다. 수년간 타고 다니던 차를 처분할 때의 아쉬움이 더 컸고, 16년 동안 일용할 커피를 제공해주던 에스프레소 기계를 교체할 때 오히려 만감이 교차한 것 같다.

현재의 내 삶엔 '자기만의 방'도, '집'도 존재하지 않는다. 그저 작업을 하는 공간, 잠을 자는 공간, 음악을 하는 공간, 일을 하는 공간 등이 존재할 뿐이다. 그 모든 곳에 '나'가 있고, 가족이 있고, '우리'가 있다. 그러나 동시에 아무것도 없다. 생활은 존재하지만, 삶은 없다. 나이가 든다는 것은, 가족을 이루고 부모가 된다는 것, 그리고 사회의 일원이 된다는 것은 오롯이 '나'에만 집중해서 '나'이기만 하면 되는 공간, '나'일 수 있는 공간은 이젠 존재할 수 없다는 것을 의미하는 것일까? 이런 현실을 수용하지 못한다면, 난 그저 삶의 속도를 따라잡지 못하는 현실 부적응자에 지나지 않는 것일까?

공간이 내겐 아직도, 영원히 꿈이었으면 좋겠다. 좋은 꿈이었으면 좋겠다. '나만의 방'이든, '우리들의 공간'이든 그곳에 존재하는 모든 사람들의 삶과 꿈, 감성이 공존할 수 있는 곳이면 좋겠다. 화석화된 감성이 아니라 좌절도, 아픔도, 갈등도 모두 펄펄 살아 날뛰는 삶의 부산물이 '저기 어딘가'가 아니라 '지금 여기'였으면 좋겠다. 꿈이 '과거' 속에 어딘가에 파묻힌 것이 아니라, 나의 현재이고 우리의 미래였으면 좋겠다. 뒷문도 개구멍이 있는 공간, 타닥타닥 떨어지는 빗소리를 들을 수 있는 공간, 이웃집 개 짖는 소리와 삶의 소리가 들리는 공간, 바람이 지나가는 소리가 들리는 공간, 담벼락 너머로 이웃집

고양이 다니는 것이 보이는 공간에 살고 있다면 손가락 사이로
다 사라져가는 삶의 한 자락 정도는 붙들고 내 삶과 내 감성의
무게를 가늠해볼 수 있지 않을까?

우리의 '방', '익명의 땅'

고3 때 같은 반 친구들과 처음으로 유럽을 떠돌아다녔던 1992년 여름, 첫 도시 런던에 도착하자마자 간 곳이 대영박물관이었다. 상상력이 빈곤한 이과생들, 시키는 대로만 '잘 살아온' 모범생들의 선택이란 결국 저런 것이었다. 그냥 영국의 런던에 가면 무조건 대영박물관은 꼭 가야 하는 곳, 그것도 우선적으로 가야 하는 곳으로 우리들의 머릿속에 각인되어 있었다. 압도하는 거대한 바빌론의 석상들, 함무라비 법전, 미라 등등 세계사의 유물들 사이사이를 우리는 다리가 부러져라 다니면서, 끊임없이 영국을 비난했다. '진짜 도둑놈들'이라며, '지들 나라 것은 하나도 없다'며, '해도 해도 너무한다'며 지속적으로 고개를 내둘렀다. 그런 사정은 루브르 박물관, 빈 미술사 박물관 등도 별다를 바 없었다. 베를린 페르가뭄 박물관에는 심지어 그리스 신전 바닥까지 다 가지고 와서 전시되어 있었다.

　우리는 경주 박물관, 부여 박물관 등등에서 돌멩이에 불과할지라도, 뭔가 허접해 보이는 장신구라 할지라도 그래도 우리들의 유물을 보아왔기 때문일 것이다. 그 나라의 박물관들은 그 나라의 역사와 그 민족의 삶을 보여줘야 한다는 고정관념이 있었다. 하기야 수탈과 침략의 역사와 삶이었으니 어떻게 보면 제국주의다운 박물관이라고 할 수 있을 것도 같다.

　공룡의 뼈, 『소년중앙』에서 보아온 신기한 물고기 박제품 등에서부터, 멘델의 유전학까지 상세히 전달하고 있는 자연사박물관은 정말 지구상에 존재했고, 존재하고 있는 모든 동식물들, 광물들까지 다 총망라되어 있었던 엄청난 곳이었다. 내셔널 갤러리 또한 봐도봐도 끝이 없이 쏟아지는 미술품에 문자 그대로 얼이 빠질 수밖에 없었다. 트래펄가광장의 넬슨 제독상은 또 어찌나 드높던지, 세상을 향해 포효하는 사자상들은 또

대영박물관

얼마나 거대하던지…… 나는 얼마나 미미한 존재였던지……
런던의 대형 박물관, 미술관, 광장 등등 공공장소에서 내가 절
감한 것은 '대영'과 '제국', '해가 저물지 않는 나라'로서의 위상
이었다. 그것이 어쩌면 영국의 거대한 땅에 설치한 거대한 공
공장소들이 의도하는 바였을 것이다. 자국민에게는 자부심을,
외국인에겐 반감과 위압감을 동시에 안겨주면서도, 이들 공간
들은 이렇게 말하고 있었다. '대영제국은 위대하다.' '대영제국
은 아직도 건재하다.'

잘츠부르크는 무척 아름다운 도시이다. 근처까지 알프스의
산과 호수가 펼쳐져 있다. 거리도 한적하고 운치 있고, 사람
들도 친절하고 유머와 여유가 넘친다. 요거트가 너무나 맛있
고, 공기 또한 상쾌해서 긴장과 여독을 풀기에 적합한 도시이
다. 비가 너무 자주 와서 그럴 때는 좀 스산하고 추울 때도 있
지만, 그 와중에도 틈틈이 보이는 정원들의 조경에 넋을 잃게
도 하는 곳이다. 8월이면 매년 개최하는 잘츠부르크 음악축제
역시 대가들의 연주를 볼 수 있는 소중한 행사이다. 엄청난

매력을 지닌 공간임에도 불구하고, 여행자들은 잘츠부르크를 자연보다는 모차르트 그리고 〈사운드 오브 뮤직〉의 공간으로만 기억한다. 수백 년 전 비참한 말년과 비극적 죽음으로 생을 마감한 모차르트가 지금의 잘츠부르크를 먹여살리는 것 같은 생각을 불러일으킨다. 고개를 돌릴 필요도 없다. 눈만 감지 않는다면 잘츠부르크의 언제 어디서든 가발 쓰고, 빨간 연주복을 입은 모차르트가 모차르트 초콜릿을 가지고 다니면서 관광객들의 지갑을 공략하고 있다. 내 아무리 음악을 좋아한들, 아니 음악을 좋아해서 이것은 좀 아니지 않는는 생각이 든다. 폰 트랩 가족의 일화를 바탕으로 '음악'의 개인적·사회적 의미를 잘 형상화한 걸작 영화 〈사운드 오브 뮤직〉 역시 마찬가지이다. 영화 한 장면, 한 장면들과 연관된 세트장들…… 그걸 우리가 왜 봐야 하는지 지금도 이해할 수 없지만, 잘츠부르크를 방문한 우리들은 영화를 예습 복습까지 해 가면서 투어에 참가한다.

잘츠부르크의 정체성과 본질을, 영화의 의미를 훼손하는 상업 정책, 홍보 정책은 아닌지. 내가 사는 도시도 아닌데, 잘츠부르크를 방문할 때마다 괜히 생각이 많아진다. 불변의 법칙으로 영원히 모차르트는 모차르트일 텐데, 기념관을 설립하고 활용하는 자들의 욕망은 무엇이고 어디까지인가? 그 욕망은 누구를 위한 욕망일까? 모차르트는 모차르트니까 또 그렇다 치고, 세계 어디에나 존재하는 정치가, 학자, 음악가, 화가, 문학가, 연예인 등등의 수많은 기념관들과 동상들은 과연 자자손손 영원토록 기념하고 기릴, '스피릿'이란 것이 정말 존재하는 것이 맞나? 진정한 불멸은 인류의 마음속에 있는데, 왜 그들의 특정 공간에 호출되어 불멸 아닌 불멸의 삶을 이어가고 있나?

예술가들의 고장이어서 아름다운 도시들은 당연히 있다. 파리 센강의 풍경을 볼 때마다 센강을 거닐면서 그들이 받은 인상을 화폭에 열심히 담아내던 화가들의 모습을 상상하다 보면, 파리 공간이 지니는 의미는 단순히 그저 아름답기만 도시 이상의 환영을 뿜어낸다. 몽마르트 언덕길의 뒷길을 거닐면서 에릭 사티가 피아노 연주를 해가면서 생계를 이어가던 술집은 어느

곳일까를 상상해본다. 카프카의 생가보다 스티븐 소더버그 감독 흑백 영화 〈카프카〉가 떠오르는 프라하의 골목길과 대성당의 위압적인 대비 속에서 젊은 천재의 두려움과 중압감을 함께 느낀다. 아를 포럼 광장의 넘쳐나도록 사람이 붐비는 노란 천막의 카페는 하루 일과를 마치고 압생트 한 잔 마시고 집으로 돌아가던 고흐의 뒷모습의 의미, 테이블에 남아 있던 술잔의 의미를 구현하고 있을까? 해 저물 무렵, 이젠 미약해져서 보이지 않는 별빛이 내리는 아르노 강변이야말로 내일은 뭘로 살아갈지 고민하던 고흐의 막막한 절망을, 그럼에도 불구하고 포기할 수 없었던 예술가로서의 삶과 정체성을 이야기하고 있지 않을까?

공공장소는 공공의 꿈이, 보다 많은 사람들의 꿈이 이루어지는 공간이었으면 좋겠다. 보다 많은 사람들을 향하는 꿈이 이루어지는 곳이었으면 좋겠다. 특정 사회적·경제적·정치적 주체들의 꿈과 이익이 대물림되는 장소가 아니라, 보다 많은 사람들의 자유와 풍요를 지향하는 꿈이 공유되는 공간이었으면 좋겠다. 과도하지 않은 추모와 추대로 위인의 정신적 유산의 의미를 인류의 맘에 새길 수 있는 정도의, '적절'한 빈도와 규모의 공간에서 세상과 자신들을 향한 그들의 꿈과 정신이 유전될 수 있으면 좋겠다. 화려하고 역사적인 공간에서의 연주, 전시, 공연과 함께, 원하는 사람이라면 누구나 접근 가능한 소박한 공간, 예술 활동도 함께 병행할 수 있는 공간이 우리들 삶 가까운 곳 어딘가에 존재하면 좋겠다.

내가 좋아하는 화가, 채성필 화백의 모든 작품은 '익명의 땅'이다. 태초의 땅은 인간 욕망으로 얼룩지지 않은 땅이다. 작가는 인간 욕망으로 구획되고 사유화되고 파헤쳐진 기존의 땅이 아닌, 화폭에 우리가 추구해야 하는 새로운 땅 그러나 이미 '오래된 미래'인 '태고의 땅'을 창조한다. 작품을 하는 순간, 채성필 작가는 조물주, 창조자, 신이 된다. 작가에 의해 창조된 그 땅은 '신의 공간'이 아니다. '어머니의 공간', '고향', 우리 정신이 돌아갈 고향이자 안식처이다. 그리고 모두에게 안식처가 존재하듯, 그 땅은 우리 모두의 땅이고 그래서 그 누구의 소유가 아닌 '익명의 땅'이다. '익명의 땅'으로서의 공간을 우리 각자가 맘속에 품을 때 이것이 가진 자들의 욕망으로 얼룩진 공간을 우리에게 돌려줌으로써, 우리들의 꿈과 삶의 의미를 회복시켜주지 않을까? 세상 모두의 공간이 '익명의 땅'이길 꿈꾸어 본다.

대안적 예술 공간,
유토피아 '라움-입실론'

1

누군가가 경북 청도군의 지원을 받아, 이름도 아름다운 '수
월리'에 문화예술인 마을을 만들겠다는 야심찬 계획을 무려
2007년쯤에 세웠다. 그리고 문화예술인에게 분양을 하겠다며,
나와 남편에게 제의를 해왔다. 예술가들과 문인들의 삶의 팍팍
함을 잘 알고 있었던 우리들은 예술가들에게 창작 공간을 제공
하자는 당찬 포부를 품고, 조합원 신청을 했다. '수월지'를 둘
러싼 21가구의 전원주택을 짓기 위해 조합원들은 열심히 모여
회의, 회의, 또 회의…… 그리고 7, 8년쯤 지나 드디어 삽을 뜨

고, 2015년 7월에 집이 완성이 되었다.

예술 창작 공간에 대한 꿈은 현실화되지 못했고, 용도도 목적도 없는 이층집 한 채가 난데없이 우리에게 주어졌다. 주말에 가서 전원생활의 여유를 즐기거나, 주말농장 등등과 완전 무관한 삶의 패턴을 살고 있는 우리로서는 여기서 뭘 해야 할지, 어떻게 유지해야 할 것인가에 대한 계획이 전무했다.

건축가가 대문에 건물 이름을 쓴 간판을 붙여주겠다고, 건물에 이름을 지어달라고 요청해왔다. 'Raum-Y'으로 지었다. '라움'은 독일어로 '공간'이고, 'Y'는 독일어로 '입실론'이다. '입실론'은 수학 극한의 용어이다. 변수가 가장 작은 변화 공간인 제로를 지향할 때, 그것에 해당하는 수, 즉 궁극의 수가 '입실론'이었던 것이 생각나서, '라움-입실론'(이하 라움) 이렇게 이름을 지었다. 수많은 변화, 변수가 존재하는 현실 속에서도 우리가 지향하고자 하는 꿈만큼은 '궁극'이길 바랐다.

2

인테리어는 내게 주어진 임무이자 특권이다. 원하는 대로 내부 디테일을 꾸며가는 중, 거의 완공을 앞두고 인테리어에 특별히 관심이 많았던 나의 첼로 선생님이 겸사겸사 레슨을 청도에서 하자는 제안을 해왔다. 첼로 선생님이 2층을 보는 순간, 여긴 하우스 콘서트 하기에 너무 좋은 장소라고 지나가는 말로 한 것이 계기가 되어, 2015년 12월 12일 제1회 하우스 콘서트를 소박하게 열게 되었다. 25명 남짓 참가했던 이 모임은 모든 참가자들과 나에게 뜻밖에 큰 행복을 가져다주었고, 그 이후 뭔가에 떠밀려서 매년 2~3회씩 연주회를 개최하게 되었다. 피아노 트리오를 중심으로 호른, 아쟁, 바순, 트럼펫 등등 다른 악기들이 찬조했다. 영화 OST, 탱고 음악 등의 비교적 대중적인 클래식 레퍼토리로 구성된 프로그램이 '음악의 의미', '전쟁과 평화', '탱고와 사랑' 등의 심오한 주제로 통일성 있게 엮어지고, 인문학적 강연 및 해설과 함께하면서 그 규모가 점점 커졌다.

　나의 지인과 제자들로 구성된 70명 내외의 청중들의 높은 감상 수준과 태도, 열의에 힘입어, 매회 생각지도 못한 행복한 시간들이 기획자, 연주자, 청중들인 우리 모두에게 주어졌다. 4시간 정도는 숨죽이며 집중할 수 있는 탁월한 집중력의 학구파 청중들로 인해 라움에서는 모든 실험적 프로그램이 가능했다.

　5회 이후 이정현, 이동열, 박재홍, 김재원, 김채원 등 대한민국을 대표하는 기량이 탁월한 연주자들이 연주하게 되었고, 연주자들은 오로지 라움에서만 연주 가능한, 중량감 있는 프로그램들을 제시했다. 아무리 쉬운 음악이어도 클래식은 사전에 충분한 공부가 전제되지 않으면 잘 안 들리고 지겨워지게 마련이다. 연주가가 제시한 어려운 레퍼토리를 청중들이 충분히 공감할 수 있게 하기 위해 난 고심 고심해가면서 해설을 썼고, 학구적인 라움의 청중들이 곡을 충분히 익힐 수 있도록 2~3주 전부터 미리 해설과 유튜브 연주 동영상 링크들을 제공했다.

　비판과 평가라는 세상의 잣대가 사라진 연주 공간, 공감력이 좋은 청중들로 구성된 라움에서 연주자들은 자신의 예술혼을 맘껏 내던졌고, 청중들의 진정 어린 공감으로 감동을 함께 나누면서 라움 연주회는 현재까지 8년간 지속되고 있다.

3

지인의 집을 방문할 때, 난 그 집 벽에 걸려 있는 작품들, 그리고 책에 관심이 특별하다. 소장 작품들과 책, 예술과 학문은 거짓을 말할 수가 없다. 자산의 투자가 필요한 진품이 아니어도 좋다. 프린팅된 포스터여도 충분하다. 전집이 아닌 한 권, 한 권 사 모은 손때 묻은 책들이 무엇인지, 그리고 걸려 있는 작품들이 어떤 스타일인가를 보면 인간 관계의 미래가 대충 예측이 된다. 어떻게 만났든 그가 삶과 가치를 나눌 수 있는 친구가 될 것인지, 아니면 그냥 알고만 지내는 관계로 남을 것인지가 대충 예측이 된다.

음악만큼이나 맘을 달래주고, 살아갈 용기를 주는 것이 그림이다. 삶의 처절함 자체가 지닌 엄중함과 비참함이 형성화된 작품, 슬픔 속에서도 빛나는 아픔들이 형상화된 작품들은 항상 삶의 위안을 준다. 미술사에 자취를 남긴 대단한 걸작들이 주는 위안과 기쁨은 엄청나지만, 그들을 보기 위해서는 12시간 이상 날아가서 미술관에 서야만 하는 '내게 너무 먼' 작품들이다. 그래서 일상적 삶 속에서는 동시대의 삶과 시대적 감성을 공유하는 작가들의 작품을 통해 세상을 살아갈 힘과 위로를 얻는다. 사람에 실망하고, 세상에 절망해도 작가들의 작품은 현실 너머를 꿈꾸게 하면서, 그래도 함께 가자며 나를 순간순간 일으켜 세운다. 그래서 난 고가의 집, 자동차, 사치품을 구입하지 않고, 나에게 위로와 격려가 되는 작품들을 내 삶 속에 배치한다. 어떤 작품이든 내가 구입한 모든 작품들로 인해 설레고 행복하고 기쁘다. 그래서 살아 있음에 기뻐하고, 그들의 작품에 있는 삶과 세상의 진실에 함께 할 수 있는 행운에 또한 감사하다.

난 라움에는 책을 한 권도 두지 않을 것을 결심했었다. 평생 말과 글로 생계를 이어가는 내게 책은 평생의 삶이고, 일상이자 일이다. 그래서 행복한 일상이지만, '도피처' '안식처' '쉼표'

와 같은 라움에서는 책이 아닌 다른 것으로 공간을 채우고 싶었다. 책장이 배제된 공간엔 감사하게도 작품을 걸 공간이 마련된다. 라움에는 채성필 작가의 작품 〈바람의 땅〉과 〈창〉이 있다. 채성필 〈바람의 땅〉의 '바람'은 'wind'와 'hope'의 중의적 의미를 지닌다. '바람'은 '서로 갈망하는 자들의 손길'(오정희, 「바람의 넋」)들이다. 동시에 근원과 본질에 닿고자 하는 '바람(hope)'이다. 채성필의 작품 〈바람의 땅〉은 추상적인 소망과 꿈을 현실화한 공간이다. 난 라움이 예술을 통해 유토피아가 이루어지는 공간이길 꿈꾼다. 그렇기에 채성필 〈바람의 땅〉은 라움에 대한 나의 꿈 그 자체이다. 채성필 〈창〉에서처럼 '현실의 제약' 및 인간의 한계를 초월하기보다는, 현실적 제약 그 자체를 품어서 새로운 이상향, 유토피아에 대한 갈망을 라움에서 이루고 싶다.

또한 라움에는 김완, 손파, 황인모 작가의 작품도 있다. 김완 작가 〈빛과 어둠〉 〈엣지〉 등의 작품을 걸어서 '경계'를 넘어서는 '예술'의 힘과 의미를 강화했다. 한방침을 통해 현대 사회와 현대인에 대한 치유를 지향하는 강력한 힘이 형상화된 손파 작가의 〈붓〉 시리즈들 또한 예술을 통한 유토피아에 대한 강렬한 갈망을 형상화한 작품이다. 나아가 '주체'에 의해 소외되고 배제된 '타자'들의 삶과 가치를 사진 작업을 통해 탐색해온 황인모 작가의 작품들을 통해 유토피아의 진정한 주인이 누구여야 하는가를 명시하고 싶었다.

재작년 늦가을, 작가와 청중들로 구성된 라움의 가족들은 모두 한마음으로 전시회를 열었다. 문자 그대로 '전시회', 우리는 한 작가의 작품을 오로지 '전시'만 했다. 라움의 가족들은 『꽃들에게 희망을』(트리나 포올러스)의 애벌레처럼 그냥 먹고, 자는 것 이상의 삶을 꿈꾸는 자들일 뿐이다. 그 이상의 삶이 무엇인지 '바람'만이 알 수 있는 대답이기에 우리는 그저 함께하면서, '바람'이 해주는 답을 듣고 싶었을 뿐이다.

나의 소중한 친구인 작가는 라움에서 3일쯤 작품을 보면서 그냥 아무것도 하지 말고 놀자는 제의를 우연히, 항상 그러하듯 '지나가는 말로' 했다. 난 보다 많은 지인들과 작품을 의미 있게 감상하는 시간을 마련하고자, 3일이란 짧은 전시 기간 동

안 작품과 연관된 주제, 즉 '유토피아'라는 주제를 내걸고 전시, 연주회, 인문학 강의를 동시에 개최할, 일종의 페스티벌을 기획하였다. 시골인 청도 중에서도 완전 외진 곳이라는 입지 조건이었으나, 많은 사람들이 함께했다. 제자들과 지인들로 구성된 라움의 가족들은 월차를 내고 2박 3일간 라움에 머무르기도 했고, 하루 또는 이틀 동안 그 먼 거리를 계속 출퇴근하면서 연주와 전시에 함께했다.

'유토피아'라는 주제하에 인문학 특강, 탁월한 연주자들의 피아노와 첼로 독주회들, 그리고 무려 16점의 대작이 걸리는 전시회 및 대담 등을 진행하면서 우리는 예술과 자신들의 삶과 세상에 대해 점검하고 살피는 시간을 가졌다. 예술을 통해, 대화를 통해, 나눔을 통해 우리는 '먹고 자는 것 이상의 삶'에 대한 고민이 '나'의 것이 아닌, '우리'의 것임을 알 수 있었다. 삶과 세상에 정답도 해답도 아니지만 그것을 찾는 동반자로서의 동지애를 나눌 수 있었다. 나의 삶을 성찰하고 '나'가 아닌 '너'를 '우리'로 품기 위해 노력해야 함을, 예술과 삶, 가치가 일체화되어야 함 또한 어렴풋이 자각할 수 있었다. '예술'을 통해

개개인의 맘속에 닫힌 벽들을 허물고, 새로운 공간을 구축했다. 3일이라는 짧은 기간에 우리는 연주, 전시를 통해 진정한 '유토피아'를 공유할 수 있었다.

4

우리 모두는 각자 그 누구에게도 방해받지 않는 '자기만의 방'을 꿈꾸었으나, 세상에서는 이룰 수 없었다. 교환가치, 상징 가치가 넘쳐나는 후기 자본주의 사회에서 예술가들의 진정한 가치가 소통되는 공간이 사회 속에서 이루어지기 또한 거의 불가능했다. 그러나 라움에서는 예술의 공유를 통해, 공감을 통해 세상에서 이룰 수 없었던 '나만의 방'이 진정한 '우리들의 방'으로 새로운 공간을 향한 가능성의 공간이 열린다. 나눔과 배려를 통해 상업 자본주의를 넘어서는 또 다른 질서, 대안적 질서가 형성된다.
음악회도, 전시도 모두 끝났다. 뚜렷한 의도와 목적이 전혀

없는, 우리 모두의 재능 기부에 의해 이루어지는 전시와 연주
회이다.

우연히 시작된 음악회와 전시처럼, 라움의 음악회와 전시는
우연히 멈출 가능성이 항상 있다. 다음 음악회, 전시에 대한 기
약과 보장은 어디에도 없고, 언제까지 지속될지는 그야말로 아
무도 모른다. 그러나 우리들의 마음속에서는 전시도 음악회도
지속되고 있다. 우리들의 라움에서 들어서면 음악회의 여운이,
작품의 아우라가, 그리고 다들 샴페인 잔을 들고 아무 걱정 없
이 깔깔거리고 웃던 우리들의 추억들이 항상 공간을 가득 채우
고 있다. 우연 속에서 축복처럼 주어진 예술 공간인 라움이 나
와 우리 동지들의 삶 속에 영원한 보석으로 빛나길, 그 빛으로
우리의 삶이 조금은 더 아름다워지길 간절히 소망한다.